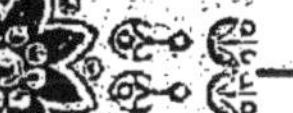

VOYAGE A TRAVERS PARIS.

M. LAHIRE
ET
LA GRANDE CHAUMIÈRE

HISTOIRE,

TYPES, MOEURS, CÉLÉBRITÉS,

ROMANCES EN VOGUE, ETC.

PAR

M. Armand Pommier.

AVEC UN CALENDRIER
Pour l'Année 1848.

PARIS.
DESLOGES, Éditeur, 39, rue St.-André-des-Arts.
1848.

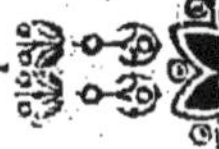

PARIS. — IMPR. DE POMMERET ET GUÉNOT, 2, RUE MIGNON.

VOYAGE A TRAVERS PARIS.

M. LAHIRE

ET

LA GRANDE CHAUMIÈRE

HISTOIRE,

TYPES, MŒURS, CÉLÉBRITÉS,

ROMANCES EN VOGUE, ETC.

PAR

M. Armand Pommier.

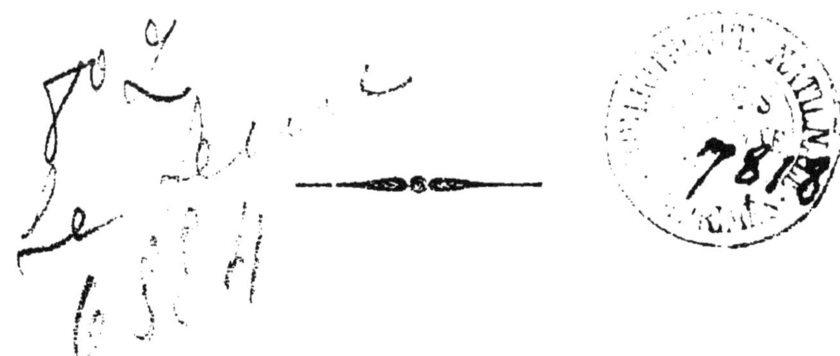

PARIS.

DESLOGES, Éditeur, 39, rue St.-André-des-Arts.

1848.

Paris. Imp. de Pommeret et Guénot, r. Mignon, 2.

Calendrier pour l'année 1848.

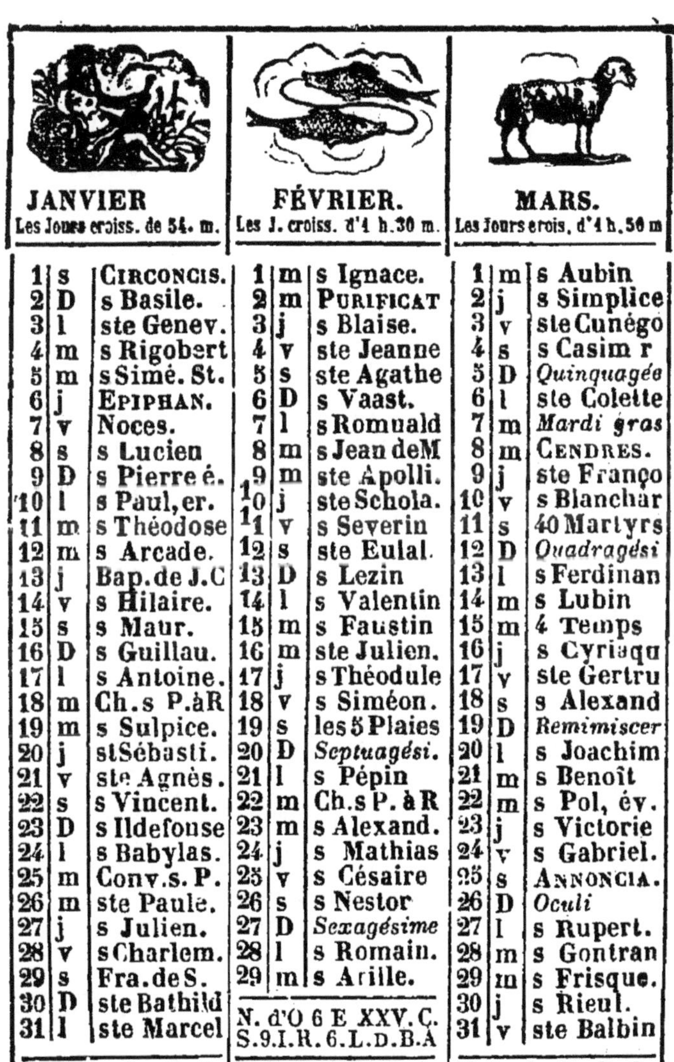

JANVIER			FÉVRIER.			MARS.		
Les Jours croiss. de 54. m.			Les J. croiss. d'1 h. 30 m.			Les Jours crois. d'1 h. 56 m		
1	s	CIRCONCIS.	1	m	s Ignace.	1	m	s Aubin
2	D	s Basile.	2	m	PURIFICAT	2	j	s Simplice
3	l	ste Genev.	3	j	s Blaise.	3	v	ste Cunégo
4	m	s Rigobert	4	v	ste Jeanne	4	s	s Casim r
5	m	s Simé. St.	5	s	ste Agathe	5	D	*Quinquagée*
6	j	EPIPHAN.	6	D	s Vaast.	6	l	ste Colette
7	v	Noces.	7	l	s Romuald	7	m	*Mardi gras*
8	s	s Lucien	8	m	s Jean de M	8	m	CENDRES.
9	D	s Pierre é.	9	m	ste Apolli.	9	j	ste Franço
10	l	s Paul, er.	10	j	ste Schola.	10	v	s Blanchar
11	m	s Théodose	11	v	s Severin	11	s	40 Martyrs
12	m	s Arcade.	12	s	ste Eulal.	12	D	*Quadragési*
13	j	Bap. de J.C	13	D	s Lezin	13	l	s Ferdinan
14	v	s Hilaire.	14	l	s Valentin	14	m	s Lubin
15	s	s Maur.	15	m	s Faustin	15	m	4 Temps
16	D	s Guillau.	16	m	ste Julien.	16	j	s Cyriaqu
17	l	s Antoine.	17	j	s Théodule	17	v	ste Gertru
18	m	Ch. s P. à R	18	v	s Siméon.	18	s	s Alexand
19	m	s Sulpice.	19	s	les 5 Plaies	19	D	*Remimiscer*
20	j	st Sébasti.	20	D	*Septuagési.*	20	l	s Joachim
21	v	ste Agnès.	21	l	s Pépin	21	m	s Benoît
22	s	s Vincent.	22	m	Ch. s P. à R	22	m	s Pol, év.
23	D	s Ildefonse	23	m	s Alexand.	23	j	s Victorie
24	l	s Babylas.	24	j	s Mathias	24	v	s Gabriel.
25	m	Conv. s. P.	25	v	s Césaire	25	s	ANNONCIA.
26	m	ste Paule.	26	s	s Nestor	26	D	*Oculi*
27	j	s Julien.	27	D	*Sexagésime*	27	l	s Rupert.
28	v	s Charlem.	28	l	s Romain.	28	m	s Gontran
29	s	Fra. de S.	29	m	s Arille.	29	m	s Frisque.
30	D	ste Bathild	N. d'O 6 E XXV. C.			30	j	s Rieul.
31	l	ste Marcel	S. 9. I. R. 6. L. D. B. A			31	v	ste Balbin
N. L. le 6. P. Q. le 13. P. L. le 29. D. Q. le 28.			N. L. le 5. P. Q. le 11. P. L. le 19. D. Q. le 27.			N. L. le 5. P. Q. le 12. P. L. le 19. D. Q. le 28.		

AVRIL.

Les J. croiss. d'1 h. 38 m.

1	s	s Augues
2	D	*Lætare*
3	l	s Richard
4	m	s Isidore
5	m	s Ambrois
6	j	s Prudenc
7	v	s Clotaire
8	s	s Gauthier
9	D	Passion
10	l	s Fulbert
11	m	s Godebert
12	m	s Jules.
13	j	s Justin
14	v	s Tiburce
15	s	s Paterne
16	D	Rameaux
17	l	s Anicet
18	m	s Parfait
19	m	s Léon
20	j	s Théotim
21	v	*Vend.-Sain*
22	s	ste Oppor
23	D	PAQUES
24	l	s Léger
25	m	s Marc abs.
26	m	s Clet
27	j	s Polycar.
28	v	s Vital
29	s	s Robert
30	D	Quasimodo

N.L. le 3. P.Q. le 10. P.L. le 18. D.Q. le 26.

MAI.

Les Jours croiss. d'1 h. 18 m

1	l	s Philippe
2	m	s Athanas
3	m	In. s Croix
4	j	ste Moniq
5	v	Con. s Au
6	s	s Jean P.L
7	D	s Stanisla
8	l	s Désiré
9	m	Tr. s Nica
10	m	s Gordien
11	j	s Mamert
12	v	s Léon
13	s	s Servais
14	D	s Pacôme
15	l	s Isidore
16	m	s Honoré
17	m	s Pascal
18	j	s Venance
19	v	s Célestin
20	s	s Bernardi
21	D	s Hospice
22	l	ste Julie
23	m	s Didier
24	m	s Donatie
25	j	s Urbain
26	v	s Quadrat
27	s	s Hildever
28	D	s Germain
29	l	Rogations
30	m	s Félix
31	m	ste Pétron

N.L. le 3. P.Q. le 10. P.L. le 18. D.Q. le 25.

JUIN.

Les Jours croiss. de 11 m.

1	j	Ascension
2	v	s Pothin
3	s	ste Clotild
4	D	Oct. Ascen
5	l	s Boniface
9	m	s Claude
7	m	s Paul, év
8	j	s Médard
9	v	ste Pélagie
10	s	s Land *V. j.*
11	D	Pentecôt
12	l	s Basilide
13	m	s Antoin P
14	m	4 Temps
15	j	s Fargeau
16	v	s Cyr
17	s	s Avit
18	D	Trinite
19	l	s Gerv s P
20	m	s Sylvère
21	m	s Leufroy
22	j	Fête-Die
23	v	s Félix, m
24	s	Nat. s J.-B.
25	D	s Prosper
26	l	s Babolein
27	m	s Crescent
28	m	s Irénée
29	j	Oct. F.-D.
30	v	Com. s Pa

N.L. le 1. P.Q. le 8. P.L. le 16. D.Q. le 24. N.L. le 30.

JUILLET. Les Jours dim. de 56 min.			**AOUT.** Les Jours dim. d'1 h. 36 m			**SEPTEMBRE.** Les Jours dim. d'1 h.42m.		
1	s	s Martial	1	m	s Pierre ès	1	v	s Leu 3 Gi
2	D	Vis.de N.D	2	m	s Etienne	2	s	s Lazare
3	l	s Anatole	3	j	Inv. s Etie	3	D	s Grégoire
4	m	Tr. s Mart	4	v	s Dominiq	4	l	ste Rozali
5	m	ste Zoé	5	s	s Yon	5	m	s Bertin
6	j	s Tranquil	6	D	Trans. J.C	6	m	s Onéziph
7	v	s Aubierg	7	l	s Gaëtan	7	j	s Cloud
8	s	ste Elisab	8	m	s Justin	8	v	Nativ, N-D
9	D	ste Victci	9	m	s Romain	9	s	s Omer
10	l	ste Félicit	10	j	s Laurent	10	D	ste Pulchr
11	m	Tr. s Beno	11	v	ste Suzan	11	l	s Hyacint
12	m	s Gualbert	12	s	ste Claire	12	m	s Raphaël
13	j	s Eugène	13	D	s Hippoly	13	m	s Maurille
14	v	s Bonaven	14	l	s Guerf, *V.*	14	j	Ex. ste Cr.
15	s	s Henri	15	m	ASSOMPTIO	15	v	s Nicomèd
16	D	s Eustate	16	m	s Roch	16	s	ste Eugéni
17	l	s Alexis	17	j	s Mammès	17	D	s Lambert
18	m	s Th. d'A.	18	v	ste Hélène	18	l	s Jean Chr
19	m	s Vinc de P	19	s	s Louis. é.	19	m	s Janvier
20	j	ste Margu	20	D	s Bernard	20	m	4 Temps
21	v	s Victor	21	l	s Privat	21	j	s Mathieu
22	s	ste Magdel	22	m	s Sympho	22	v	s Maurice
23	D	s Apollina	23	m	s Sidoine.	23	s	ste Thècle
24	l	Jours Can.	24	j	s Barthéle	24	D	s Andoche
25	m	s Jacqu. M	25	v	s Louis, r.	25	l	s Firmin
26	m	Tr. s Marc	26	s	Fin des J.C	26	m	ste Justin
27	j	s Georges	27	D	s Césaire	27	m	s Côme s D
28	v	ste Anne	28	l	s Augusti	28	j	s Céran, é.
29	s	ste Marth	29	m	s Médéric	29	v	s Michel
30	D	s Ignace	30	m	s Fiacre	30	s	s Jérôm.
31	l	s Germain	31	j	s Ovide			

JUILLET	AOUT	SEPTEMBRE
P.Q. le 8. P.L. le 16. D.Q. le 23. N.L. le 30	P.Q. le 7. P.L. le 14, D.Q. le 21. N.L. le 28.	P.Q. le 5. P.L. le 13. D.Q. le 19. N.L. le 27

OCTOBRE. Les Jours dim. d'1 h.48 m.			NOVEMBRE. Les Jours dim. d'1 h.18 m.			DÉCEMBRE. Les Jours dim. de 10 m.		
1	D	s Remy	1	m	TOUSSAINT	1	v	s Eloi
2	l	ss AngetG	2	j	*Trépassés*	2	s	s Franç X
3	m	s Cyprien	3	v	s Marcel	3	D	AVENT
4	m	s Fran d'A	4	s	s Charles	4	l	ste Barbe
5	j	ste Aure, v	5	D	s Zacharie	5	m	s Sabas
6	v	s Bruno	6	l	s Léonard	6	m	s Nicolas
7	s	s Serge	7	m	s Florent	7	j	ste Fare
8	D	ste Brigitt	8	m	stes Reliq	8	v	CONCEPTIO
9	l	s Denis	9	j	s Mathuri	19	s	ste Gorgo
10	m	s Paulin	10	v	s Juste	10	D	ste Valère
11	m	s Gomer	10	s	s Martin	11	l	s Daniel
12	j	s Vilfride	12	D	s Roné	12	m	s Valeri
13	v	s Gérand	13	l	s Brice	13	m	ste Luce
14	s	s Calyste	14	m	s Bertrand	14	j	s Nicaise
15	D	ste Thérès	15	m	s Eugène	15	v	s Memin
16	l	s Gal	18	j	s Edme	16	s	ste Adélaï
17	m	s Cerbonet	17	v	s Agnan	17	D	s Olympia
18	m	s Luc, év.	18	s	s Aude	18	l	s Gatien
19	j	s Savinien	19	D	ste Élisab	29	m	s Timothé
20	v	s Caprais.	20	l	s Edmond	20	m	4 Temps
21	s	ste Ursule	21	m	Prés. N.D.	21	j	s Thomas
22	D	s Mellon	22	m	ste Cécile	22	v	s Honorat
23	l	s Hilarion	23	j	s Clément	23	s	ste Victoi
24	m	s Magloire	24	v	s Séverin	24	D	s Hermin
25	m	s Crépin	25	s	ste Cather	25	l	NOEL
26	j	s Rustiqu	26	D	ste Genev	26	m	s Etienne
27	v	ste Frumo	27	l	s. Maxim	27	m	s Jean, év.
28	s	s Simon	28	m	s Sosthèn	28	j	ss Innoce
29	D	s Faron	29	m	s Saturnin	39	v	s Trophim
30	l	s Lucain	30	j	s André	30	s	s Sabin
31	m	s Quent. v				31	D	s Sylvest.
P.Q. le 5. P.L. le 12. D. Q. le 19. N.L. le 27.			P.Q le 4. P.L. le 11. D. Q. le 17. N.L. le 25.			P.Q. le 3. P.L. le 10. D.Q. le 17: N.L. Le 25.		

CHAPITRE Ier.

M. LAHIRE.

Voilà un petit livre écrit pour tout le monde. Il visitera toutes les poches, s'épanouira dans toutes les mains. Voyez-vous miroiter en haut de ce chapitre ce mot bizarre, assemblage original de six lettres : *Lahire?* c'est le nom magique qui répond du succès, le talisman de circonstance. Car, comment faire l'histoire de la Grande-Chaumière sans parler de M. Lahire, son propriétaire et son directeur? Autant vaudrait parler des trônes sans nommer les monarques; or, sachez-le bien, M. Lahire est un roi, un roi populaire qui règne sur le boulevart Montparnasse, trois fois par semaine, et dont l'éclat des fêtes retentit au loin. Qui ne le connaît ce bon prince, et qui ne veut le connaître? — A Paris, on veut le voir; en province, on voudrait l'avoir vu. Il partage avec M. Victor Hugo la gloire immortelle d'illustrer le quartier qu'il habite. A l'un, la Place-Royale; à l'autre, le boulevart Mont-Parnasse. Le premier doit sa célébrité aux œuvres qu'il a produites; l'autre, à celles qu'il a ménagées. Si M. Victor Hugo est un homme extraordinaire, M. Lahire n'est plus un homme ordinaire. On le reconnaîtrait entre mille individus. Voyez cette figure dessinée avec vigueur, ces yeux vifs et mouvementés, cet ensemble de physionomie fièrement interrogatif, cette pose ferme que donne l'habitude de paraître en public : écoutez cette voix bien timbrée, qui parle sans crainte et sans déguisement. Toujours bien mis, coiffé d'un chapeau d'une forme créée par lui, souvent retouchée, cet excellent M. Lahire possède une tournure *sui generis* qui ne s'oublie plus. Ses habitués, il les connaît presque tous. Il donne des conseils aux uns, reçoit les confidences des autres, réprime les écarts chorégraphiques de plusieurs et les porte tous au fond de son cœur. Souvent il lui arrive de prendre à part un jeune aspirant au doctorat et de lui rappeler, la montre sur le creux de la main, que l'heure d'aller retrouver Barthole et Cujas, Bichat et Andral a sonné depuis longtemps.

— Allons, allons, mon cher convive, le tribut a été payé au plaisir, maintenant retournez au travail, vous avez encore deux bonnes heures d'étude ; vos examens seront meilleurs, vos parents satisfaits, et votre bon père Lahire plus heureux d'un succès de plus. Et tout cela est dit d'une voix brusque, forte, presque en colère, mais partant du cœur. Bien que d'une enveloppe un peu rude, ce grand-prêtre de la Grande-Chaumière se prélasse volontiers devant un compliment ou quelques flatteries à son adresse. Il a l'habitude de tenir la conversation et cause d'abondance. Je l'ai entendu une fois établir, entre l'illustre Duchesnoy et mademoiselle Rachel, un parallèle qui ne manquait pas d'aperçus nouveaux, bien que souvent un peu hasardés. En littérature, je crois ses tendances classiques : il se souvient de l'inimitable Talma avec trop de plaisir pour qu'il en soit autrement. L'école nouvelle manque malheureusement d'interprètes dignes de comprendre ses hardiesses, et ne peut faire que très-peu d'adeptes. Comme je tiens à faire connaître M. Lahire, autant que les convenances me le permettent, j'ajoutera qu'il est bon père, bon époux, marchand de vins en gros rue de Languedoc, 16, à l'Entrepôt, de plus, excellent garde national et lieutenant de sa compagnie. Ami de tous les jeunes gens qui le connaissent, M. Labire montre avec orgueil, rangées dans un casier spécial, 108 thèses, dont 26 pour le doctorat. N'est-ce pas un hommage flatteur et digne d'envie?

Depuis 1837, M. Labire dirige seul la Grande-Chaumière. Jusque-là il avait partagé le bâton dictatorial avec M. Benoiste, son beau-père, dont la mort, arrivée vers cette époque, le laissa unique Jupiter de cet Olympe, Eldorado des rêves de collége, réalité aimée de ces souverains de province qui débarquent dans le pays Latin, sous le nom générique d'étudiants, jettent leurs subdivisions dans les écoles de Droit, de Médecine, de Pharmacie, greffent leurs ramifications dans les écoles préparatoires de toute espèce, et trouvent de très-proches parentés dans toutes les écoles du gouvernement. Espoir de la patrie, orgueil de vos départements, Janin, Dumas, Crémieux, Dubreuil, Lamoricière en herbe, accourez tous, et venez saluer le Nestor des intendants de vos plaisirs champêtres, et criez : Vivat ! vivat !... d'avril à septembre, et... lisez ces vers préparés par Boileau pour.... M. Lahire.

Grand administrateur, dont la haute sagesse
A fait mûrir les fruits d'une grande richesse,
Et qui seul, sans ministre, à l'exemple des dieux,
Soutiens tout par toi-même et vois tout par tes yeux,
Lahir, si jusqu'ici, par traits d'inadvertance,
On est resté pour toi dans un humble silence,
Et si tout un public, vainement suspendu,
N'attend plus pour t'offrir un encens qui t'est dû,
Qu'un sincère écrivain, qui, racontant ta gloire,
Grandisse les lauriers bien dus à ta mémoire :
J'accours ! Dans cet éclat où tu te viens offrir,
Je grave de ma main ton nom dans l'avenir !...

CHAPITRE II.

Il y a aujourd'hui 160 ans que la Grande-Chaumière sortit du sein des eaux comme la Vénus Amphitrite. Car là où serpente aujourd'hui une élégante promenade, se dressent de charmantes constructions et s'épanouit le royaume du père Lahire, il y avait autrefois d'affreux marais, de coassantes grenouilles, seules maîtresses et reines de ces endroits aussi humides que champêtres. Depuis bien longtemps déjà, ces honnêtes possesseurs vivaient et multipliaient dans les charmes tranquilles d'une médiocrité exempte d'impôts, lorsqu'ils se virent un beau matin déclarer une guerre injuste, cruelle, et de tous points contre le droit des gens. Un honnête Alsacien de Strasbourg, ennuyé d'entendre rugir sa cathédrale, et probablement fatigué des joies nationales de la choucroute et de la bière, se mit un beau jour en route pour Paris, après avoir fait son testament, comme c'était la mode d'alors. Le voyage fut heureux, et M. Etinxos arriva fort gaillard dans la capitale du monde civilisé — c'était sous Louis XVI. — Après avoir visité Paris, il parcourut les environs. Arrivé à Versailles, il éprouva une fièvre chaude d'admiration pour les jardins de Lenôtre, et, dès ce moment, il ne rêva plus que bosquets, jets d'eau, allées tournantes, etc... Il avait des idées, il voulut les mettre à exécution, et, pour cela, il fit l'acquisition d'une partie des terrains incultes dont j'ai parlé, l'assainit, y construisit une maison, et dessina, planta, arrangea un jardin qui fut livré au public vers le printemps de 1787. Or, voici son œuvre que je décris d'après un plan que j'ai sous les yeux. Tout autour d'une construction bizarrement rustique et couverte de paille, s'enroulaient de charmants bosquets aux déclivités gazonnées. Çà et là s'étageaient quelques charmilles dont les abords s'émaillaient de fleurs ; quelques grands arbres, artistement disséminés, prêtaient leurs quinconces de feuillage aux amants ou aux buveurs. Ainsi fait, cet endroit devait être délicieusement agréable. On venait alors y manger les œufs frais, boire le lait, goûter les fruits, causer, rire. Cet arrangement bizarre, cette construction de bois rustique et de pailles mousseuses expliquent le nom de *Chaumière* qui fut donné alors à ce charmant endroit.

CHAPITRE III.

Cette propriété fut achetée par un certain M. Fillard, qui possédait une maison tout près. Elle passa ensuite entre les mains de M. Benoiste, par son mariage avec mademoiselle Fillard. C'est l'époque d'une nouvelle gloire.

M. Benoiste, homme entreprenant, résolut d'en tirer un parti plus lucratif et plus avantageux. En conséquence, il abattit les murs, réunit les deux propriétés en une seule, fit de nouvelles constructions, établit un orchestre, et les Parisiens se réveillèrent un beau matin de l'an de grâce 1815 avec un nouveau genre de plaisir de plus. Tout le monde vint y danser. Mais bientôt la loi du sabre y domina dans la personne des sous-officiers de la garde impériale : ils y régnèrent peu de temps, entraînés qu'ils furent dans l'immense désastre où l'empire alla se perdre. Ce fut le tour des commis marchands et des lingères encore vertueuses aux trois quarts. Ils trônèrent l'espace de deux ans. Vers 1818, les étudiants commencèrent à paraître, en petit nombre d'abord, puis toutes les écoles se donnèrent rendez-vous dans ce délicieux jardin, qui devint, dès lors, leur propriété exclusive. C'est à cette époque que remonte la création de la grisette, compagne inséparable de cette jeunesse folle et travailleuse, pleine d'avenir et de débauches. Cette création fut établie en reine à la Chaumière, où elle inventa le *Cancan*, pensa la *Robert-Macaire*, et de tout cela sut faire le boléro national des écoles, genre de danse dont la perfection est aujourd'hui atteinte.

Dès 1817, M. Benoiste avait fait construire les montagnes suisses, qui, si elles ne furent pas les premières de Paris, furent au moins les premières du pays Latin, et sont encore aujourd'hui les seules et uniques (1). M. Benoiste perfectionna le genre, ce qui lui valut les encouragements du gouvernement et les remercîments du public. C'est qu'en effet c'est une charmante invention que ces montagnes suisses! Les femmes surtout en raffolent, et *allons nous faire ramasser* était et est encore la grande affaire de la soirée. Quel plaisir! Comme la poitrine se dilate voluptueusement aux impressions vivifiées de cet air dont l'oxygène semble respiré en plus grande quantité! Le sang s'avive, et la rapidité roulante de la course vous jette dans un état de bien-être inexprimable; les nerfs (pardon de l'expression) se sensualisent en quelque sorte, et la chronique du lieu raconte que certaines grandes dames du faubourg Saint-Germain, alors fringantes et belles, aujourd'hui

(1) Les premières montagnes de ce genre (nommées *Montagnes russes*) furent vues *aux Thermes*, dans le faubourg du Roule.

sans doute débris respectables rêvant de souvenirs, vinrent bien souvent se faire *ramasser*, et cela pendant des heures. L'amant ou l'époux (pourquoi pas quelquefois) attendait au pied de la montagne l'arrivée de ces amazones d'un nouveau genre, les aidait à sortir de la *ramasse*, et les voyait fendre l'air de nouveau, arriver, remonter encore. Après cet exercice, les sens étaient agités, les fibres d'amour vibraient violentes, le cœur battait, on s'appuyait plus mollement sur le bras du Cortéjo; les endroits sombres et peu fréquentés étaient ceux qu'on préférait, et, que sais-je..... plus d'une fois un galant malheureux dans ses entreprises auprès d'une vertu haut gourmée et de prise difficile, se servit de ce moyen, si inoffensif au premier abord, pour vaincre et triompher, et plus d'une femme en descendant de sa ramasse oublia sa vertu et déboutonna ses passions. Sagesse des hommes, pudeur des femmes, à quoi tenez-vous?.. Mais bath ! Dieu a bien fait ce qu'il a fait et M. Benoiste aussi. Les chevaux de bois vinrent bientôt. Leurs tours vertigineux causèrent du vertige à plus d'un cavalier et des maux de cœur à maintes Calypsos inconsolables... de se trouver dans ce triste état. C'était l'af-

faire d'une heure, et l'habitude arrivait bientôt vous couvrir de son égide. La Chaumière marcha donc de perfectionnements en perfectionnements, de grandeurs en grandeurs, de plaisirs nouveaux en plaisirs nouveaux, et commença à mordre sur cette célébrité si difficile à enlacer. Elle s'y accrocha si bien, fit tant des pieds et des poings, des ongles et des crocs qu'elle y arriva, et son histoire se rattache fatalement à celle du dix-neuvième siècle.

Dès lors elle prit le nom de *Grande-Chaumière*, nom populaire aujourd'hui.

CHAPITRE IV.

Le parfum des souvenirs, l'odeur du passé !

(Al. de Lamartine.)

Tout le monde connaît la Grande-Chaumière. Son souvenir se mêle à la vie de beaucoup : c'est un sensorium où se reflètent bon nombre d'ondées voluptueuses. Comme premier bal public, son nom est ineffaçable ; c'est la mère de la chorégraphie moderne, l'expression du dévergondage de jambes, comme d'autres lieux, que je ne veux point nommer, sont l'expression du dévergondage d'esprit. Quelqu'un a dit : « La danse, ce sont les

mœurs des peuples traduites en vers. » De sorte qu'il suffirait de *commenter* Brididi, Durando, Pomaré, Maria, Rigolette pour avoir une idée à peu près exacte des mœurs actuelles.

Je le disais donc, la Grande-Chaumière se mêle un peu à tout et à tous. Que de fois, dans les conversations intimes, des hommes graves, célèbres, ne trouvent-ils pas au fond d'un souvenir parfumé d'un printemps d'amour, et chagriné d'un regret des choses passées, le nom de la Chaumière! Et encore, dans ces longues soirées de souvenirs intérieurs qui saisissent parfois les femmes sur leur déclin, et où elles se plaisent à remonter

le chapelet de leur vie grain à grain sans laisser échapper le moindre incident, le moindre regard échangé, la moindre pensée devinée, pas la plus petite pression de bras, la plus timide œillade, enfin quand elles se refont leur vie de sentiments, n'oublient rien, ne voient-elles pas quelque blonde tête d'étudiant, aujourd'hui blanche sans doute sous les secousses usuelles de la vie, mollement encadrée de cheveux bouclés, la moustache finement retroussée et l'œil un peu tapageur, voilé par des émotions naissantes d'amour, de passion, produites par leur aspect, augmentée à leur parole, puis encouragée, puis, hélas! abandonnée dès son commencement!... Que de regrets, de mélancolie dans cette page retrouvée du livre chamarré de la vie! Ce jeune homme, quel était-il? quel était son nom? Et cette scène, mesdames, où la plaçaient vos souvenirs? — Avouez-le, douairières refrognées, avouez-le sans honte, c'est à la Chaumière... Oui... Reprenez vos rêves, et tant mieux si de toutes vos actions, c'est la plus mauvaise!

Et vous, honneur de votre quartier, grandes dames de la halle, marchandes de poissons ou de volailles, cherchez un peu à vous rappeler si cette bonne jeune fille, si

coquette, si pimpante, si fière de ses adorateurs, rangés par ordre d'inscription, qui répandait autour d'elle des parfums d'amour, et qui s'appelait..... ne serait-ce pas par hasard... Mais, chut !

Ainsi donc, cette illustre Chaumière se lie à plus d'un commencement d'existence, à plus d'un début dans la vie !

CHAPITRE V.

Si cet établissement a fait, depuis plusieurs années, d'immenses progrès, on peut en attribuer la plus grande gloire à M. Lahire.

(MM. Baulé et Maignan.)

Là se réunit la bonne compagnie.

(Alexandrine.)

Une mise décente n'a pas de succès.

(A. Vitu.)

Une mise décente est celle qui tient strictement couvertes toutes les parties du corps. Le *Romulus* de David n'est pas une mise décente.

(*Idem.*)

On trouve là tout l'esprit, toute la grâce, tout l'imprévu et la liberté du bal masqué.

(*Idem.*)

En 1844, le jardin fut complètement transformé, les constructions réparées, les ornements anciens disparurent sous les nouveaux, harmonisés au goût et aux habitudes du jour, et c'est la Grande-Chaumière telle qu'elle est aujourd'hui que je vais essayer de vous dépeindre.

Par une belle soirée du mois de mai, un lundi, à l'heure où le soleil moire l'occident de ses couleurs d'adieu, allez prendre votre

amie, puis dirigez-vous à pied, bien entendu, vers la Grande-Chaumière. Vous prendrez par le Luxembourg, c'est le plus beau chemin, et vous marcherez lentement dans cette belle allée de l'Observatoire qui s'allonge dignement avec sa quadruple rangée d'arbres alignés par Jacques Debrosses. Franchissez les grilles à lances dorées, dédaignez les fifres de la Chartreuse, regardez un instant l'Observatoire, et suivez le boulevart Montparnasse jusqu'aux numéros 26 et 28 : vous êtes arrivé. Entrez.

L'entrée est simple et ornée des municipaux de circonstance. A gauche, le vestiaire, à droite, le bureau où l'on prend les cartes d'entrée contre rétribution. Des contrôleurs les reçoivent et vous laissent aller. Vous traversez d'abord une double haie d'orangers, dont l'haleine embaumée parfume votre passage : le coup d'œil est charmant. Quelle animation ! quelles joies bruyantes ! Mais procédons par ordre. Vous remarquez tout d'abord l'endroit réservé à la danse, c'est un carré long bitumé, mac-adamisé et sablé, dont tout un côté est pris par l'orchestre, construction pleine de fantaisie et de grâce. Tout autour figurent des balustrades peintes en vert, flanquées d'une rangée de petites tables pour la plus grande commodité des consommateurs désireux du double plaisir étalés par Terpsichore et rafraîchis par Bacchus. De larges allées permettent aux promeneurs d'étaler, au grand jour des becs de gaz, leur dandysme de bon goût, leur tenue élégante et leurs galants propos. C'est le boulevart de Gand de l'endroit, où l'on coudoie indistinctement les œillades et les

robes de soie de ces dames. En face s'étage, à trois pieds environ du sol, un café dont la disposition ménage le multiple coup d'œil des danses, valses, polkas, redowas, mazurchas et autres en cas du lieu. Là, se réunissent les spectateurs philosophes, critiques, et surtout platoniques. Souvent encore, on vient y rafraîchir une conquête commencée dans le désinvolturé d'une pastourelle et qui se trouve parachevée au troisième verre de punch. A gauche s'étend un immense salon,

tapissé de glaces, où viennent s'attifer les polkeuses trop débraillées après les nobles assauts du coup de talon, et, en même temps, abri protecteur contre les intempéries et les mauvaises farces du temps. On y mange dans la journée. C'est à peu près tout pour ici; mais, avant d'aller plus loin, arrêtons-nous, observons. — Dix heures; c'est le beau moment de la fête. Que de bruit! que d'animation! On se sent entouré d'émanations sensuelles, ambiantes et chaudes comme les rayons d'un soleil d'été! Tout autour de vous marche, trotille, circule, frétille, babille, rit, bâille, chante, jure, prie, demande, dérobe, une foule de filles, femmes, grisettes, lorettes. Le but de toute cette engeance bizarrement jolie et laide, c'est un souper floconneusement arrosé de champagne et artistement bourré de truffes : le moyen! — C'est le plaisir offert sous ses expressions les plus multiples, ses changements à vue les plus étranges, ses métamorphoses d'œillades les plus émouvantes, délirantes, entraînantes, et surtout savantes. Gare à vous, jeunesse de première année, c'est une artillerie formidable que vous avez à prévenir. Ce sont d'intrépides chasseuses qui vous courent sus, et si vous n'avez pas une bonne cuirasse, gare à vous, gare à vous, il n'y a qu'un pas de la Grande-Chaumière à *la Maison-d'Or*... Mais bath!

après tout, où est le mal? Ces dames sont *bons garçons*... vous leur donnez du plaisir, elles vous rendent du bonheur. C'est là, ce me semble, de l'argent placé à de jolis intérêts. Que les banquiers grognent, que les correspondants grondent, c'est fort bien, c'est leur état; mais le vôtre présentement est de rire et de vous amuser.

Tous les goûts sont flattés.

Aimez-vous les brunes, adressez-vous à Pauline-la-Grande ou bien à Marie. Votre penchant se détermine-t-il pour les blondes, voilà Jenny. — Voulez-vous quelque chose d'un peu roux, demandez une polka à Elisa. Avez-vous un faible pour les couleurs intermédiaires et moins tranchantes, du châtain, par exemple, voilà un modèle admirable : Pauline-la-Folle, et son amie ne lui cède en rien. Comment resteriez-vous froid en présence d'un tel bataillon? Fussiez-vous quatre fois Allemand par monsieur votre père, et deux fois Anglais par madame votre mère, ce serait impossible.

Écoutez! c'est le signal, une contredanse. Regardons, c'est assez curieux et mérite bien quelques minutes de temps perdu. Mais rien cependant ne dépassera les bornes d'une décence convenablement dévergondée : M. Lahire promène de couple en couple son œil médiateur, et les écarts qui menacent d'atteindre l'ébouriffant du genre sont aussitôt réprimés. Les habitués, les vieux de l'endroit, auront, bien entendu, la place d'honneur, le dos contre l'orchestre et en face, c'est de droit.

Car, au plus fort consommateur,
La place du seigneur...

En place ! en place, mesdames ! A vos postes, messieurs ! Entamez la cachucha na-

tionale, abordez le boléro latin, et fondez le tout en cancan des salons ! — Allons, allons, dignement, mesdames ! manœuvrez vos grâces chorégraphiques ! enlevez les bravos ! — C'est parfait ; mais la sueur ruisselle de vos tempes agitées, vos gosiers brûlent de soif, accourez vider les mosses, absorber le punch, faire disparaître les glaces et les marasquins ! Toutes, vous avez bien et dûment mérité des spectateurs ; cependant, à toi les couronnes, ô ma fantasque Séraphine ! profil illustre où serpente le cachet des filles de Sion ! A toi, sylphide, à toi les fleurs, car ta robe ne nous a dérobé que le nombril, et tes rivales, les maladroites, n'ont livré que leurs mollets à notre inspection émerveillée !... Et ce bon M. Lahire était occupé ailleurs...

A d'autres choses. — Aventurons-nous dans les sinuosités capricieuses des allées, zig-zaguons de bosquet en bosquet. Voyez ! le gaz diminue insensiblement et ménage (à dessein) des pénombres amoureuses, théâtres de gais larcins. Mais, quel est ce bruit? Les montagnes suisses. Montez : pour 1 fr. vous descendrez quatre fois ; on remonte pour rien... C'est le bout du jardin, les dernières limites du domaine. Revenons alors.

Mais quel est ce monsieur, le chapeau presque sur l'oreille, l'air gaiement guilleret? C'est le père Lahire... le connaissez-vous? Oui. Tant mieux alors, car le digne homme va royalement nous numéroter les merveilles de sa propriété..... Prenons donc un peu sur la gauche, et revenons lentement.

— Voyez-vous ce bosquet?

— Oui, monsieur.

— Il y a deux ans, une grande dame, sous puissance de mari, vint y prendre des glaces avec un journaliste célèbre.

— Elle l'aimait?...

— Du tout elle écrivait....

— Et cet autre si mignon d'ombre et si plein de senteur?

— Eh bien!

— Il y a quinze jours, on traita d'une nuit d'amour pour un billet de 500 fr. — Tout à côté, là, certaines dames s'oublièrent souvent à de tels points que la pudeur m'empêche de...

— Nommer...

— Et de raconter...

Puis, tout en devisant ainsi, il vous mènera en ménageant votre admiration, pour qu'il vous en reste assez lorsque vous lèverez les yeux sur les véritables joyaux de la Grande-Chaumière.

— Voyez-vous ces quatre lauriers?

— Oui... ils sont fort beaux.

— S'ils n'avaient que cela pour eux reprend le père Lahire, ça tomberait dans la vulgarité. Il y a des lauriers partout, dans les plus minces jardins bourgeois. Les cuisinières prostituent honteusement les feuilles d'un si bel arbuste à faire des ragoûts... quels ragoûts! Encore, s'ils étaient bons...

— Alors, qu'ont donc de remarquables ces végétaux qui ressemblent, ma foi! à tous ceux de leur espèce?

— Ah! ah! ah!... voilà... Apprenez, messieurs, que ces lauriers ont été touchés par les mains du grand Empereur!

— Par les mains... fichtre!

— Et donnés par lui à Masséna après la bataille d'Esling.

— Diable!

Vous voilà satisfaits, et le poids de curiosité, que vous aviez précédemment sur la conscience, s'en va, et vous laisse aspirer de nouveau l'oxygène et rendre l'acide carbonique.

— Mais, monsieur Lahire, comment vous

sont donc arrivés ces lauriers? Car je ne pense pas que Masséna vous les ait envoyés d'Esling tout exprès pour en parer votre bal champêtre.

— Comment? c'est tout simple.

— Pas trop.

— Je les ai achetés.

— Quoi! le maréchal aurait vendu?...

— Du tout. Je les ai achetés après la mort du héros de Gênes. Je fus moi-même les chercher à ***, et ils sont là depuis 1832.

— Mais ils ont dû exciter l'envie de bien des gens.

— Oh! certes, si je voulais vous nommer tous les grands personnages qui vinrent les visiter, puis ensuite me faire demander si je voulais les vendre, ce serait long. Il y a peu de temps encore, un prince, d'origine impériale, et dont les veines sont alimentées par du sang corse, voulait à toute force m'en déposséder. Un jour même, je le vis arriver accompagné de deux jardiniers armés, l'un d'une bêche, l'autre d'une pioche.

— Il voulait vous prendre de force.

— Il me fallut entrer en colère pour sauver mes précieuses reliques; car je suis homme de l'Empire et j'y tiens... — Mais, papa, me dit le prince, pourquoi ne voulez-vous pas me vendre ces arbres? vous savez combien cela me ferait de plaisir. — C'est possible; mais pour *payer* ces arbres vous n'êtes pas assez riche. — Pourquoi cela? — Parce que ces arbres sont *impayables*. Le prince se mit à rire et tout fut dit...

CHAPITRE VI.

Avez-vous l'œil juste et la main sûre, allons au tir au pistolet. Êtes-vous adroit? abattez des poupées. Êtes-vous plus fort? couvrez la mouche. C'est un amusement de grand seigneur que l'étudiant peut bien se permettre quelquefois.

Mais votre danseuse s'est reposée un instant. La voilà qui vous engage du sourire à faire une promenade à deux, bras dessus, bras dessous, comme si vous étiez déjà de vieilles connaissances. Laissez-vous conduire; après les Montagnes suisses, vous serez bien vite ramené devant le *billard à la rose* ou le *billard chinois*, car là, on peut gagner, ou plutôt (et c'est la coutume finale) acheter de charmants bouquets et d'agréables couronnes de fleurs artificielles, des sachets à odeur, de mignons coffrets à ouvrage, mille petites choses insignifiantes dont toutes les femmes (de toute condition) raffolent et font leurs délices.

De tous les bals champêtres, la Grande-Chaumière est le plus ancien. La Chartreuse, réédifiée et réorganisée cette année sous le nom bucoliquement pompeux de Closerie des Lilas, sans doute parce qu'il n'y a pas un seul de ces arbustes, ne date que de 1835. Mabille est plus jeune encore, et ne compte que six ans d'existence. Le Ranelagh ne fut créé et mis au monde que vers 1844, et le Château-Rouge ne voit le jour que depuis l'année dernière.

La Grande-Chaumière est ouverte tous les dimanches, jeudis et lundis. Les jours ordinaires sont les dimanches et les jeudis ; l'entrée n'est qu'à 1 franc. Les lundis sont les jours extraordinaires, et sont cotés à 2 francs d'entrée par cavalier. Les dames, étant considérées comme objets d'embellissement, entrent gratis.

CHAPITRE VII.

Le n° 13.—Comment les Etudiants s'amusent.

I.

Aux plaisirs de Terpsichore, la Grande-Chaumière joint les délices de Momus. Palsambleu ! je vous assure, on y fait des dîners qui ne sont pas de deux doigts au-dessous de ceux du Café de Paris. Le vin est exquis et permet de se griser en toute confiance, sans avoir à craindre ces grossières incommodités qui suivent presque toujours l'ingurgitation de ces boissons à procédés, ambroisie journalière et vénéneuse de maintes gargottes du pays Latin (1).

Montons décalquer le premier étage : il y a d'abord un grand salon, dit *Salon russe*, borné au nord, au sud, au levant et au couchant par vingt-un cabinets particuliers ser-

(1) On peut y venir dîner tous les jours, à toute heure, depuis le mois d'avril jusqu'au mois de septembre. Les soirs de bal, le dîner que l'on fait donne le privilége de l'entrée gratuite. Mais faut-il que la dépense soit quelque peu considérable.

vant à abriter certains personnages graves, certaines dames, supposées vertueuses, qui veulent voir sans être vus. — Prudence est mère de sûreté.

Cette salle russe, plus connue sous le nom de numéro 15, est le théâtre de dîners pantagruéliques de 40 à 50 francs par tête, rhythmés sur le mode rabelaisien. Il y coule des vins depuis 4 francs la bouteille (pas moins) jusqu'à 15 et 25 francs (mais plus).

C'est là que se réunissent les bons enfants, les viveurs illustres, les étudiants de troisième, quatrième année, et ceux de quinzième et plus : ce sont les bons, comme dit M. Lahire. Eux seuls, ils contribuent pour les trois quarts dans ses bénéfices; ils sont l'espoir principal des consommations, les Lucullus des cuisines *lahiriennes*, les vidrecomes des caves de l'établissement; en un mot, d'aimables jeunes gens, rieurs, un peu tapageurs, que le père Lahire aime et idolâtre. — Il n'y a pas d'effets sans causes.

C'est jour de noce ce soir, entrons. Ils sont tous rangés en bataille devant une table amplement servie, bacchanalement arrosée. Quelle brillante escouade! Comme ils ont le visage allumé, l'esprit en feu! Voyez comme leurs yeux scintillent, comme leurs phrases se choquent, comme leurs reparties s'échangent vives, spirituelles; comme les paroles sont promptes et sonores ! Les vins qu'ils avalent se convertissent en pluie de bons mots, de calembourgs véritablement impromptus, en idées excentriquement ingénieuses, en aperçus emphatiquement nouveaux. Si le bon sens surnage, il se change en esprit, en bouffonneries. Écoutez un peu ce beau brun qui étudie le droit, expliquer une théorie médicale à son voisin qui étudie la médecine. Au bout de la table, ce jeune homme revêtu de ce brillant uniforme : c'est un élève du Val-de-Grâce qui se tue à faire comprendre à ce grand blond, bientôt docteur en droit et magistrat, que « tous les codes, excepté celui de la philosophie divine, sont imparfaits ; qu'ils ne protègent pas assez la vertu... »

Puis voilà la bise de la politique qui souffle : voilà des théories haletantes d'à-propos, chamarrées d'actualités, inondées de sophismes aussi complexes que divergents. Alors, hourah ! hourah ! On ne s'entend plus, mais du diable, c'est le beau moment... Qu'alors entre M. Lahire ; la tempête est à son comble. On lui demande son opinion; il parle, on ne l'écoute pas, et on lui dit qu'il a tort, immensément tort.

Le calme renaît, puis cesse bientôt. Enfin on court valser, danser, jeter des brandons d'incendie dans des cœurs presque toujours prêts à recevoir la mèche, et, ma foi, on couche rarement, mais très-rarement seul!...

C'est la vie, la bonne vie; qu'on en convienne!

Qui s'amuse bien travaille bien!

Voilà, messieurs de province, ce que sont les étudiants à Paris. Il est vrai de dire que ce sont les matadors de l'ordre, les richards du pays. Tout à côté d'eux, sur les bancs non pas du grand salon russe, mais de l'école, il y a de pauvres diables qui ne connaissent de la vie d'étudiant que les labeurs, les déboires. Ils vivent, ceux-ci, avec 60 à 70 francs par mois, tandis que les premiers dépensent 150, souvent 200 francs dans une soirée d'orgie. Mais, de par Dieu, le contraste fait ressortir les gens et les choses. Qu'on laisse aller le monde, tout y est pour le mieux!!!...

II.

Ces mêmes jeunes gens que vous avez vus hier si rieurs, si tapageurs, si crieurs et si buveurs, vous les verriez aujourd'hui graves, sérieux, taciturnes même, consultant, compulsant les textes, suivant les cours, prenant des notes et résumant les leçons de leurs professeurs. Puis, à un an ou deux de là, ils seront établis, les uns ici, les autres là-bas, qui en Champagne, qui en Bourgogne, plaidant, guérissant avec le même zèle, la même vigueur, la même verve, qu'autrefois ils buvaient, dansaient et *vivaient*.

Quant aux vétérans de dixième et quinzième année, ils seront et demeureront toujours étudiants *in sæcula sæculorum*; c'est une chose connue, à laquelle eux-mêmes n'hésitent pas à croire un instant. Mais ce sont (pour Dieu, ne riez pas à l'avance), oui, ce sont de grands mentors (lorsque, doit-on ajouter, ce sont des hommes honnêtes et assez délicats pour ne pas vivre sur les côtes d'autrui), oui, ma foi, de grands mentors pour les nouveaux débarqués. Ils leur indiquent les plaisirs à se donner, les professeurs à suivre, les lieux d'études les meilleurs et les plus convenables, les loyers les moins chers, les restaurateurs les moins empoisonneurs, etc., etc., etc., etc.

De cette sorte, ne sont-ils pas utiles, et ne travaillent-ils pas, eux aussi, pour l'avenir d'amélioration de la société, en éclairant de leur expérience pratique les premiers pas de ceux qui doivent l'éclairer de leur science acquise? Il faut des jalons à quiconque veut suivre la ligne droite. Vérité expresse dans les choses physiques comme les choses morales.

Courage donc, riante et féconde jeunesse; menez de front le plaisir et le travail, et surtout ne vous laissez terrasser ni par l'un ni par l'autre. Il faut savoir vaincre sans mourir.

La vieillesse est là qui vous attend; ayez d'abondants souvenirs pour distraire l'âge des chagrins et des graves pensers. Ayez quelques gais refrains à rimes joviales à chanter, çà et là, dans vos soirées d'hiver, pour couvrir les mélodies ennuyeuses du *cricri* du foyer domestique.

CHAPITRE VIII.

LA POLKA. — SON HISTOIRE.

Aimez-vous le succès? traduisez Schiller, Gœthe, Schlegel, importez la polka, le steeple chasse, les cols anglais ou les pantalons sans sous-pieds, vous en aurez...

(A.-P. D'ANGLEMONT.)

Lève-toi, Aquilon, viens, Auster! souffle à travers mon jardin, et que ses parfums se répandent.

(L'abbé CONSTANT.)

I.

La contredanse convient aux caractères sanguins; le galop, aux caractères bilieux; la walse, aux caractères lymphatiques; *la polka*, aux caractères nerveux et passionnés.

II.

La polka et la vertu d'une femme sont deux questions de tempérament.

(APHORISMES.)

L'histoire de la polka! va-t-on s'écrier. Voilà un titre de chapitre qui ne promet que des *blagues* stériles ou des contes à l'avenant! car, que dire, qu'écrire sur la polka? Ce n'est qu'une danse sortie, tout récemment, d'un cerveau plus ou moins *terpsichorique*, une invention nouvelle, qui n'aura besoin d'historiens que dans cinquante ou soixante années d'ici. Détrompez-vous : la polka est une vieille fille, qui se farde depuis bien des

siècles, et qui se rappelle à peine d'avoir été jeune, et M. Cellarius n'est pas plus son père que vous et moi. Je vais donc essayer (je ne sache pas qu'un autre ait fait pareille tentative) de vous éclairer le plus fidèlement possible sur cette danse, dont la célébrité a monté si haut, qu'il a sufli d'elle pour porter au faîte d'une renommée prodigieuse de pauvres filles que la nature n'avait certes pas créées pour occuper tant de monde.

L'origine de la polka se perd dans la nuit des temps. On ne sait rien de fixe sur l'époque de sa création. Voici ce que je lis en ouvrant le dictionnaire mythologique :

« Polkan, divinité sarmate, adorée prin-
« cipalement chez les Esclavons. On croit
« qu'avant d'être mis au rang des dieux, ce
« fut un danseur célèbre. On le représenta
« d'abord sous la forme d'un serpent ailé,
« puis ensuite sous celle d'un centaure ; c'est
« sous cette dernière transformation qu'il
« reçut le culte des peuples sarmates. Il eut
« douze fils (peu connus), et une fille de son
« commerce avec une déesse. Cette fille fut
« élevée avec beaucoup de soins, et nourrie
« d'air et d'ambroisie. La légèreté de ses for-
« mes, et les grâces éthérées de son joli petit
« être, la firent choisir comme maîtresse
« des ballets du dieu Odin. Douée d'un génie
« aussi varié que fécond, elle changea la
« routine des danses alors en vogue; et, des
« différentes combinaisons qu'elle essaya, il
« résulta un composé de pas fort beaux,
« d'élans magiques, d'expressions passion-
« nées et de poses chastement amoureuses,

« qui amusèrent beaucoup les dieux de ce
« temps-là. La reconnaissance et l'admira-
« tion firent donner à cette danse le nom
« de Polka, nom de son inventeur, la gra-
« cieuse jeune vierge fille de Polkan. Elle
« fut envoyée sur la terre pour y semer et
« faire fructifier les germes de cette nou-
« velle danse, qui devint bientôt la danse
« nationale des peuples de race slave ou sar-
« mate. »

(Boiste. — Dict. myth. revu par MM. Charles Nodier et Louis Barré.)

Il résulte de ce qui précède que la polka, d'abord dansée dans le ciel, fut envoyée ensuite sur la terre probablement pour réformer le dévergondage du cancan de cette époque, on ne sait ni sous quels chefs, ni sous quels rois, ni vers quels temps. C'est le fait des volontés des dieux d'être mystérieuses et vagues comme les heures du crépuscule et les hésitations de l'aube.

Il en est d'aucuns qui, refusant à la polka une origine aussi ancienne et aussi nébuleuse, font remonter l'époque de son apparition au saint roi David, entre l'an 1048 et l'an 1005. Ils s'appuient sur un texte de l'Ancien Testament, qui dit qu'un jour, en sortant de table, David se mit à danser devant l'arche, aux grands applaudissements de son peuple aussi surpris qu'émerveillé. Mais ce même texte se taisant sur le genre de pas exécutés par ce prince, toutes les suppositions sont permises. Les uns disent que ce fut la polka, d'autres la cachucha, plusieurs le cancan. Mais bath ! cancans que tout cela ; et il est, je crois, plus sûr de s'en tenir à la première explication donnée plus haut.

La polka n'est pas une danse particulière à tel ou tel peuple, comme aux Polonais, comme l'ont dit quelques-uns, ou aux Hongrois, ainsi que l'ont annoncé plusieurs autres. Fille des cieux et de la terre, la polka ne peut être que la danse nationale de toute une contrée, le nœud gordien réunissant toute une race. Quoi qu'on en ait dit, la polka est slave ou sarmate, et appartient à tous les peuples de race slave ou sarmate. Elle est aussi bien la danse nationale des Wittzes, des Obotrites, des Poméraniens, des Lucasiens, des Moraves, des Seckhs (ou Polonais), que le pas national des Tchèques (ou Bohêmes), des Bosniens, des Serviens, des Dalmates, des Esclavons, des Owates, des

Tchoudes (ou Finois), des Lettons (ou Lithuaniens), des Roxolans (ou Russes), des Livariens, des Prussiens. Elle règne entre la Save et la mer Adriatique, comme à l'est, la mer Baltique.

Voilà donc un point éclairci.

Il y a deux ou trois ans (c'est-à-dire vers 1840 ou 41), M. Hippolyte d'Orschwiller, aussi grand peintre de singes que M. Decamps (dit-on), revenait de son voyage en Egypte avec je ne me rappelle plus quel lord ou milord. On s'arrêta à quelques lieues de Bellegrade, pour se ravitailler. Nos touristes profitèrent de ce retard inattendu pour visiter la Servie, où régnait alors (je ne sais si elle règne toujours) sa majesté Milarch Obronowitsch, illustre descendant de quelque dieu perdu dans les nuages épais des traditions. On arrive à un petit village, — c'était un dimanche soir, — on dansait partout. Tout un village botté et éperonné se livrait avec un élan indicible aux ébats permis et autorisés d'une danse nationale.

Les paysans et les paysannes (dit M. Hippolyte d'Orschwiller) s'étant pris par la main, de manière à ne former qu'une seule ligne droite de toute la longueur de la salle, s'avançaient en bon ordre vers les étrangers; mais tout à coup le centre recula vivement, les deux ailes se rejoignirent de sorte à faire le cercle, les danseurs tournèrent en rond quelque temps en indiquant le pas et se tenant toujours par la main, puis se séparèrent brusquement en autant de groupes qui exécutèrent alors les évolutions les plus variées et les plus pittoresques.

Telle était la danse nationale des Serviens, ou la polka, si mieux vous aimez.

Vers 1842, M. Hippolyte d'Orschwiller et sa grâce lord ou milord ***, de retour de leurs voyages, virent avec un profond étonnement la danse nationale des Serviens dansée partout, salons, bals publics, théâtres.

Voilà pour la Servie.

Si nous ouvrons maintenant quelques volumes des relations, et que nous nous arrêtions en Valachie, en Croatie, en Bosnie, etc., etc., nous trouverons la même danse. A quelques légères dissemblances près, on reconnaît la slave et sarmate polka. Les Russes, les Hongrois, les Bohêmes y excellent, dit M. E. Coralli. Le pas est le même, ajoute-t-il, que celui que nous faisons aujourd'hui dans nos salons. Les Hongrois ont de plus une petite hache avec laquelle ils font des moulinets tout en dansant, et sur laquelle, à de certains moments, ils s'appuient en mettant un genou en terre. Cette hachette, que le *dilettantisme* parisien n'a pas voulu admettre à l'Opéra, était pourtant une chose de style et surtout d'*archéologie* qu'il était bien de conserver, non pas, si l'on veut, dans les salons, mais au moins à l'Opéra, ce vieux sanctuaire de la couleur locale.

Ainsi donc je crois avoir suffisamment prouvé :

1° Que la polka, avant d'être une idée abstraite d'art, fut d'abord une réalité, une personne, un être ; de plus, son antiquité et sa nationalité ;

2° Nationalité de toute une contrée et de plusieurs peuples ;

3° Que la polka est slave ou sarmate ;

4° Qu'elle est la fille de Polkan, dieu en grand renom jadis.

CHAPITRE IX.

Entrée de la polka dans Paris.

L'entrée de la polka à Paris s'est effectuée sans aucune pompe, sans la moindre réjouissance publique, sans le plus infime sergent de ville, sans être visitée à la barrière par les gabeloux.

Aucun miracle ne précéda son apparition : les chiens n'ont pas hurlé comme à la mort de César ; il n'y a pas eu éclipse de soleil.—Les cheminées n'ont pas été renversées par le vent comme à la mort de Macbeth.

Les grands événements ont un faible pour l'incognito ; il n'y a que les montagnes en mal de souris qui emploient la réclame.

La polka, forte de sa conscience et de son génie, est arrivée tout tranquillement par la diligence Laffitte et Caillard, incarnée dans un simple Polonais. Ce Polonais, dans une soirée, eut l'idée de communiquer, séance tenante, à deux ou trois amis, le démon qui le possédait, et le soir du même jour la polka avait été dansée à Paris au milieu d'applaudissements d'abord respectueux et timides, puis frénétiques et enragés.

Dès lors que le nom de la jeune étrangère eut été prononcé, tout Paris fut en révolution. Les bals languissaient; plus de concerts, plus de raouts; on ne riait plus, on ne causait plus; la calomnie mourait à quatre pas de là; on oubliait tout, Georges Sand, les *Modes parisiennes*, Fleur de Marie et le feuilleton commencé.

Mon arc, mes javelots, mon char, tout m'importune.

Le démon de la polka s'était emparé de nous; on ne rêvait plus que pas slave, qu'éperons et que tolman. Se rencontrait-on dans la rue, on ne s'abordait plus pour s'enquérir de santé, mais en se demandant: Savez-vous la polka? Les hommes couraient Paris à sa découverte, les femmes se pâmaient, les jeunes filles s'étiolaient, c'était une épidémie complète.

Ils ne mouraient pas tous, mais tous étaient frappés.

On demandait la polka à cor et à cris;

les maîtres de danse, assaillis soir et matin, ne savaient à quel saint se vouer pour échapper à tant de sollicitations; de jour en jour leur existence semblait plus compromise; une rumeur sourde bourdonnait à leur porte comme s'il se fût agi de quelque banquier insolvable; on allait même jusqu'à les accuser de haute trahison pour ce qu'ils ignoraient la polka. Deux siècles plus avant on les eût lapidés tout d'abord, pour leur apprendre une autre fois à se parer du titre de maîtres de danse sans connaître préalablement toutes les danses de ce monde et de l'autre.

C'est alors qu'alarmé d'un tel état de choses, et à force de fureter, un ancien figurant de l'Opéra, remercié après de longs et détestables services, écoutant les on dit, recueillant les témoignages, amassant, compilant, essayant, corrigeant, finit par produire dehors quelque chose qui ressemblait à la polka; et le lendemain on put lire dans tout Paris ces mots tant désirés et si impatiemment attendus :

COURS DE POLKA.

O bonheur! la polka n'était donc plus un

mythe, la polka était passée dans le domaine public, la polka appartenait à la chorégraphie, on pouvait enfin apprendre la polka ! Ce ne fut qu'une joie, qu'un enivrement, qu'une même hallucination ; on se presse, on se meut, les équipages interceptent la rue Vivienne, on encombre l'antichambre du bal Cellarius, les dames en cachette de leurs maris, les maris en cachette de leurs femmes, rien ne peut les arrêter, ni la renommée du bal, ni la compagnie des femmes d'opéra, ni le respect des convenances, ni les heures de nuit les plus indues : pour apprendre la polka on eût fait pis encore. — Bref, ce fut un tel délire que M. Cellarius s'avoue lui-même redevable de trente mille francs à la polka. Merci !

Voilà, de par la sambleu ! un bon et spirituel chapitre, qui m'a peu coûté, je l'avoue. Transcrire et voilà tout, métier charmant qui repose l'esprit et rafraîchit l'imagination en lui laissant reployer ses ailes pour s'élancer plus brillante et plus pimpante jusqu'au mot fin, mot qu'il me tarde diablement d'écrire… Donc, tous mes remercîments à MM. Perrot et Adrien Robert.

Sic vos non vobis, etc…

CHAPITRE X.

Je te salue, ô ma jeune étrangère !
Viens, comme un pur flambeau, rayonner dans la nuit,
Viens avec ton allure aventureuse et fière,
Viens avec tes amours, tes grâces et ton bruit !

La polka arrivait dans un bon moment. La contredanse haletait, tuée par ses monotones transformations et son allure tranquille et ennuyeuse. On ne dansait plus pour danser, mais on dansait pour causer. Pauvre bizarrerie qui ne pouvait tenir et durer longtemps. La walse se tortillait avec une grâce plus régulière que poétique, un entrain plus méthodique qu'harmonieux ; il y avait de la légèreté, beaucoup de bien-faire, mais point d'élan, plus d'inspiration, plus de palpitations nerveuses. C'était proprement exécuté, mais voilà tout. Or, là où il n'y a plus ou point de passion, la mort doit bientôt arriver. Et ce pauvre galop ! il n'en pouvait mais ; il avait tellement éprouvé de changements, tellement subi de désorganisations qu'il ne se reconnaissait plus lui-même. Il devait forcément se ressentir du malaise de ses deux amis, et c'est ce qui arriva. Les soirées s'écoulaient sans charmes et sans plaisir. On s'ennuyait sans danser, mais on n'osait pas danser de peur de s'ennuyer davantage.

Voilà quel était l'état des salons de Paris. Je ne parle pas des bals publics, là on ne danse pas, *on cancanne*, *on chahutte*, et encore malgré la variété que les distingués et les distinguées de chaque endroit savaient apporter ou inventer, il y avait sur tous leurs écarts comme une lueur de dépérissement. Une espèce d'ennui se voyait déjà à l'horizon de la Chartreuse et de la Chaumière.

Mais la polka arrive. Et tout le monde de s'écrier en chœur :

Je te salue, ô ma jeune étrangère!
Viens, comme un pur flambeau, rayonner dans la nuit,
Viens avec ton allure aventureuse et fière,
Viens avec tes amours, tes grâces et ton bruit!

On lui fit des joies, on la caressa comme une fantaisie pleine de charmes, et bientôt on la rencontra partout cette chère fille slave, sur tous les murs, dans tous les salons, dans tous les bals publics, et, faut-il le dire, dans toutes les ruelles. — La popularité universalise toute chose, c'est dans son essence.

Pendant l'hiver de 1843, elle brilla d'un éclat magnifique; elle touchait presque à la perfection qu'elle devait bientôt atteindre.

Qu'elle était belle alors avec son cachet d'originalité!

C'était alors, disent MM. Perrot et Adrien Robert, la traduction interlinéaire de l'amour. La première figure, qui se nomme la

PROMENADE,

veut coquetterie, grâce et pudeur; c'est le premier rendez-vous de deux amants qui se rencontrent le soir à la dérobée dans les vertes allées d'un parc; l'animation un peu lente de la mesure exprime en même temps la joie et le trouble qu'ils éprouvent de se trouver ensemble; ils ne s'égarent ni à droite ni à gauche; ils ont peur d'eux-mêmes; ils marchent, marchent en droit chemin et vite.

Mais peu à peu, les mains se prennent plus étroitement, les poitrines se rapprochent, les haleines se confondent et toutes les fièvres de l'amour passent dans les trois valses (valse simple, valse à rebours, valse roulée) qui se succèdent et deviennent à chaque fois plus passionnées, jusqu'au pas bohémien qui rappelle les premières joies de la promenade, mais avec plus d'expression, d'intimité adroite dans les mouvements, et

témoigne en outre le triomphe de l'amour par de petits coups de talon quasiment vainqueurs...

Telle fut d'abord la polka. Bientôt à ces cinq figures si pleines de charmes, on en ajouta cinq autres plus originales encore, mais plus compliquées ; c'était la perfection du genre, et, dès lors qu'on voulut y toucher, on sapa l'édifice non par sa base, mais par son couronnement, on attaqua ses fraîches colonnettes et on mutila ses rosaces.

Voici quelles sont ces cinq nouvelles figures :

1. Le changement de bras.

2. Le pas bohémien, en changeant de bras et en valsant.

3. Moulinet d'une main.

4. Moulinet en suivant sa dame et en la faisant tourner.

5. Passe-double. Cette figure, l'une des plus gracieuses, s'exécute ainsi : le cavalier prend sa danseuse de la main droite, et la fait passer devant lui en lui prenant la main gauche, et en lui faisant faire un demi-tour. Ensuite, pour exécuter cette figure en arrière, il prend sa dame de la main gauche, la fait passer derrière lui, puis la reprend de la main droite, et lui fait faire le même demi-tour. Système Coralli, le plus pur de tous.

La polka fut une marée montante qui couvrit tout. On ne jurait plus qu'en polka, on ne parlait plus que polka, on mangeait des biftecks à la polka, on but du vin idem, on acheta des cravates, des foulards, des chemises, des faux-cols, des... que sais-je, moi, à la polka.

C'était une rage, une fureur; il y eut même des tragédies à la polka, et, parbleu, je crois aussi des femmes et des mariages à la...

Un illustre Gaudissart beaunois me racontant un jour ses impressions de voyage, me dit qu'étant à Paris vers 1844, et désirant aller au spectacle, se mit à parcourir les affiches tout en flânant, afin de se décider par le titre des pièces, soit pour l'un ou pour l'autre des théâtres de la capitale. Voici ce qu'il y vit :

Académie royale de Musique :

Divertissement : la Polka, dansée par M. Eugène Coralli et mademoiselle Maria.

Palais-Royal :

La Polka, pochade en un acte, mêlée de couplets, par MM. Paul Vermond et Frédéric Bérat.

Vaudeville :

La Polka en province, folie vaudeville de MM. Alexis de Comberousse et Jules Cordier.

Variétés :

Les trois Polkas, à-propos en un acte de MM. Carmouche et Siraudin.

Gymnase :

Zélia, la danseuse ou un Caton réformiste, vaudeville, orné de danses et de polkas en tous genres, par M. Herbaumont.

Folies-Dramatiques :

La Polka, dansée par M. Armand Villot et mademoiselle Florentine.

Délassements-Comiques :

Les Polkistes et les Polkés, à-propos mêlé de couplets et de danses, par MM. Clairville et Guénée.

Théâtre des Jeunes-Elèves de M. Comte :

La Polka des salons, Polonaise, réglée par M. Scio, et exécutée par tout le corps de ballet, suivie de la Mazourka, dansée par M. Friant, âgé de sept ans, et mademoiselle Clorinde, âgée de huit ans.

La Porte-Saint-Martin,

La Gaîté,

Avaient aussi leur réjouissance de mode, sans quoi point de recettes possibles.

Cirque des Champs-Elysées :

Exercices d'équitation et M. Baucher. Polka, jument qui la danse.

Il va sans dire qu'on polka aussi en province; mais quelle polka, bon Dieu! nous n'en parlons que comme mention historique.

Le roi Dagobert disait :

« Un aigle en province n'est qu'un serin à Paris... »

Louis XIV ajouta :

« Une colombe en province n'est qu'une tourterelle dans ma capitale... »

Ces deux autorités sont des commentaires aussi laconiques que suffisants. En province, où l'on craint le laisser-aller des grâces parisiennes, la polka dut se trouver privée de tout son charme, et étrangement défigurée. Aussi, que de vierges timides, que de matrones respectables, sous prétexte d'exécuter les pas *cellariens*, *coralliens*, ou *labordiens*, n'exécutèrent que les pas cancanniens de la Chartreuse, du Prado, etc.!

Mais l'illusion est une si douce chose!...

Aujourd'hui, la polka ne se danse plus guère dans les salons dorés des deux aristocraties. On a imaginé la mazourka, la redowa, et cætera...

Dans les bals publics, la polka a outrageusement dégringolé de son piédestal. La vraie promenade est maintenant inconnue, le vrai moulinet un mythe, le vrai pas bohémien une chimère : ce qu'on exécute, c'est un composé de valse et de galop bohémien, qui n'est rien moins que joli.

La danseuse se couche radicalement sur vous, et se fait enlacer par les deux bras de son danseur qui la tient ainsi plaquée sur lui. Le couple s'élance et exécute des espèces de mouvements de jambes qui ne ressemblent à rien, ne signifient rien. D'aucuns disent que c'est beau...

CHAPITRE XI.

LES CÉLÉBRITÉS.

Les femmes, ces âmes personnifiées, y abondent surtout.

(XAVIER FORNERET.)

La vanité n'est plus le seul mobile des femmes...

(INCONNU.)

La vertu est une question de tempérament.

(Le roi SALOMON.)

La femme fut créée pour l'homme. Nous n'innovons pas.

(Comtesse AGÉNOR DE GASPARIN.)

Ce n'est que le prix du cours qui fait ces dames plus ou moins bien...

(A.-P. D'ANGLEMONT.)

L'auteur se sent effrayé à l'aspect des

noms qu'il va écrire. Il éprouve le besoin de faire une invocation aux neuf muses, en les priant l'une après l'autre, de le secourir dans la route bordée d'épines et de fossés qu'il va parcourir. Mais, comme ça ressemblerait aux antiquités classiques, il préfère se rendre à la brasserie des *Trois-Rois*, prendre une demi-tasse bien chaude, fumer un cigare de *Samson*, dire deux mots à madame *Pierre*, compter trois *blagues* à Louise-la-Balocheuse, et s'en revenir, frais et dispos, rassembler les langes épars de ce chapitre, et le jeter à la suite des autres en le priant de s'allonger le plus possible.

Ce qui est dit est fait.

La Polka servit de piédestal à de bien belles statues. . . . .

. . . .

En première ligne, et avant tous les autres, deux noms apparaissent revêtus de l'éclat miroitant de la célébrité. A vous donc les primeurs du genre, et les primevères des bouquets triomphateurs,

Clara et Maria !

Ces deux femmes, les premières, sont apparues sur le char de la fortune conquis par ce genre de réputation, qui a fait depuis le bien-être de beaucoup de ces dames, et leur a assuré, à quelques-unes du moins, une position qui, pour être précaire, n'en n'est pas moins splendidement illuminée des perles brillantes du comfort et des reflets diamantés de la richesse.

CLARA FONTAINE.

Cette pramière reine naquit (on n'a jamais pu savoir de qui au juste) le 25 janvier 1820, dans la capitale de la Gascogne ; et, certes, Bordeaux doit être fière d'avoir un jour une statue à élever à une femme d'une aussi grande portée... historique : Orléans est vaincue.

Elle vint à Paris en l'an de grâce 1834, ornée de quatorze printemps, et débuta dans un petit bal de la rue Saint-Antoine, alors en vogue, qu'on appelait le *Bal des Acacias*. Elle y passa assez inaperçue, n'ayant alors qu'une extrême jeunesse et des yeux pleins d'envie de bien faire. Lorsqu'en 1842 la polka eut été importée en France, Clara, surnommée Fontaine, dit M. Gustave Bonnin, « à cause de cette fontaine de la rue Saint-Antoine, dont elle avait été jusqu'alors la naïade, »

Clara quitta le bal des Acacias, arriva au quartier Latin, fut reçue et baptisée *étudiante* aux mélodieuses détonations de soixante-quinze bouteilles de vin d'Aï.

Dans ses jambes crânement pourvues de mollets, et dans un pied fort passable, quoiqu'un peu épais, elle se trouva posséder des dispositions chorégraphiques excentriquement extraordinaires. Aux premières polkas, cette fille intelligente s'en aperçut et crut à sa mission. Ce fut fait : un démon s'empara d'elle, l'amour de la gloire lui tendit ses rets englués et trompeurs. Elle étudia le jour, d'aucuns disent aussi la nuit, chercha, créa, et, alors qu'elle se sentit capable et forte, elle s'empara de la Polka, la fit, la refit, la développa, la perfectionna et la coula dans un nouveau moule. En un mot, elle l'éleva à la taille de son imagination méridionale. Quand elle mit sa fantaisie au jour, ce fut un cri de joie générale, et les arbres de la Grande-Chaumière frémissent encore d'admiration à chaque anniversaire de cette fête mémorable. Clara fut déclarée reine et monta dignement, avec la décence de la grandeur, au Capitole des triomphes chorégraphiques, où elle fut reçue par pas mal de grands prêtres. Un an ou deux, cette fille du midi tint le sceptre suprême de la polka, et la promena dans tous les bals publics, mais revenant toujours à la Grande-Chaumière, ce premier théâtre de ses exploits et de ses fantasques créations.

A côté d'elle grandissait une rivale, Maria, qui, s'inspirant de ses gestes, s'excitant de ses poses et mettant à tout cela un peu du sien, montra bientôt, aux yeux ébahis des habitués du père Lahire, qui n'attendaient certes plus rien de nouveau dans ce genre, une désinvolture soutenue d'un charme de nouveauté tout à fait élégant. Le succès fut fou, mais dura peu. Bien qu'éphémère, cette gloire ne laissa pas que de jeter de l'ombre sur celle de sa devancière. Dès lors, ce fut une lutte terrible, comme une question d'immortalité, tenace et féroce, comme un débat d'inventeur à inventeur, une lutte sans nulle autre pareille dans les fastes de toutes les histoires : la victoire resta à Clara. La fontaine lava promptement les éclaboussures faites à son eau, et continua de jaillir splendide et magnifique...

Clara est une femme de moyenne grandeur (aujourd'hui trop grasse, ce qui nuit au développement d'une taille admirablement cambrée jadis, dit la chronique). La gorge se ressent aussi de cette graisse opiniâtre autant que mal apprise, marée montante qui menace d'envahir, d'engloutir, d'*alluvionner* tous ses charmes. Mais la tête est encore bien conservée, et les yeux brillent des feux d'une expérience longuement acquise ; ils sont rarement à l'état calme, et possèdent cette lueur phosphorescente des tempéraments chaudement conditionnés, affermés encore par les écarts d'une jeunesse orageuse (prendre en bonne part). Le nez est un peu gros et pas assez long, la bouche et les lèvres sont très-ordinaires, le menton est court et par trop bouffi. En résumé :

Clara, comme femme, n'eût jamais été que passable, et ne fût jamais sortie de sa médiocre qualité de grisette, sans son génie pour les écarts chorégraphiques. A Clara, il fallait la polka pour s'élever au-dessus de la foule, elle la trouva tout à propos sur son chemin; c'est une chance que d'autres n'ont pas. Elisa Mercœur mourut de faim !...

Il est vrai qu'Élisa Mercœur faisait de la poésie, tandis que Clara, elle... Très-peu de personnes connaissent Élisa Mercœur, Clara Fontaine possède un nom quasiment illustre.

Il n'est donc pas vrai de dire que tous les genres sont bons pour arriver.

Aujourd'hui Clara Fontaine tient une table d'hôte, et donne des leçons de polka rue de Provence (Chaussée-d'Antin). Elle n'est plus grisette, que diable! elle est lorette, et ne fait que de rares apparitions, l'ingrate, dans ce pays Latin aussi bon que laid, où elle obtint tant de triomphes, se couronna de tant de couronnes et but tant de champagne... Comme la grandeur éblouit !...

P.-S. — J'apprends à l'instant de M. Auguste Vitu que Clara Fontaine vient de se faire soubrette au théâtre des Batignolles. Comme je sais M. Auguste Vitu en mesure d'être parfaitement informé, je me hâte donc de transmettre cette nouvelle aux personnes que cela peut intéresser. J'ose même espérer que M. Avoyne, l'habile directeur de ce théâtre n'aura qu'à se louer de sa nouvelle pensionnaire.

MARIA.

Cette illustre rivale de Fontaine occupe de droit (même d'ancienneté) la seconde place dans cette revue d'illustrations féminines. Elle fut reine, et il ne lui manqua qu'une chose pour que sa royauté fût durable, c'est d'être venue trop tard. Clara avait eu les mérites de l'à-propos; quoique ayant beaucoup fait, Maria ne pouvait lutter longtemps et jouir des mêmes triomphes.

Ayant complètement perdu de vue Maria depuis deux ans environ, je n'ai pu encore, à l'heure où j'écris, me rencontrer de nouveau face à face avec elle, malgré tous mes efforts pleins de bonne volonté et mes bonnes intentions à convertir en son honneur et pour son bien particulier, pas mal de pièces de cent sous en *chopes* de bierre, *cigaritos*, liqueurs de toute espèce, afin de la faire causer, jaser, et de saisir une foule de bonnes choses au passage, sur ses ancêtres, sa patrie, son caractère. J'étais donc tout triste, l'autre soir au Prado, de ne point la voir paraître, et je ne savais comment remplir l'espace que je lui destinais dans ce petit livre, lorsque M. A. Privat d'Anglemont a bien voulu me tirer d'affaire par le portrait suivant, qui ne laisse à désirer que sous le rapport des détails.

Souveraine, l'an dernier, de toutes les polkas, Maria, pâle, brune, énergique, dramatique dans sa danse comme Fanny Ellsler, a cette majesté hautaine et cette fougue superbe que conservent les reines déchues. Ses grands yeux noirs brillent comme des astres dans une nuit sòmbre.

Fille d'un postillon, Maria a galopé sur le chemin des honneurs. Un jour l'a couronnée, et sa chute a été d'autant plus éclatante que le triomphe avait été plus rapide.

Comme Christine, Maria a peu régné;

mais, jusque dans son Fontainebleau, c'est une grande reine. Cette magnifique Terpsi-

chore a vu le jour dans la ville de Sainte-Menehould, et compte au nombre des pieds célèbres de cette ville de charcuterie. Maria a quitté le quartier Latin et habite maintenant la Chaussée-d'Antin, où elle s'occupe, dit-on, à forcer (je pense qu'on a voulu dire former) un jeune lion : c'est un plaisir royal.

ADÈLE BLÉE.

Les autres célébrités, fruits des entrailles de la polka, sont si nombreuses, que l'on pourrait aisément faire quatre volumes in-8 (format Dumas) de noms propres. Si je trouvais un éditeur bénévole qui me donnât 5 fr. du mot, l'œuvre serait commencée immédiatement. Mais je ne veux parler ici que des illustrations qui se doivent à la Grande-Chaumière ou qui sont venues y poser leurs tentes.

Je voudrais autant que possible commencer par rang d'âge, mais la tâche, vous le comprenez, amis lecteurs, deviendrait pénible en diable, et parfois aussi excessivement dangereuse ; car, allez donc demander l'âge d'une femme qui arrive à l'âge de le cacher ! quelle indiscrétion maladroite ! Si la qualité d'auteur doit rendre curieux, le titre de citoyen française (résidant à Paris de plus...) oblige à être galant. Donc, on ne doit jamais demander l'âge à une femme, on doit le savoir... ou le deviner. Et puis, du reste, si on peut le dire souvent, on doit l'écrire rarement...

Cependant je puis dire qu'Adèle Blée fréquente la Grande-Chaumière depuis 1830... mais elle y vint, dit-on, excessivement jeune !

Comme Adèle Blée n'est guère connue que par la longue habitude qu'on a de la voir, je lui ai gardé la troisième *nomination ;* c'est déjà joli.

Maintenant, j'ai à vous offrir :

Marionnette,
Frisette,
Rigolette,
Clarinette,
Pochardinette,
Desgranges,
Guitard,
Louise-la-Balocheuse,
Maria-la-Grêlée,
Séraphine,
Pauline-la-Brune,
Pauline-la-Folle,
Rose-Pompon.
Rose-l'Épanouie,
L*** L***,
Blanche,

Zélie Hoffman, qui n'est pas parente du tout à Hoffmann l'acteur, ni à Hoffmann le tailleur. En voulez-vous d'autres?

Non.

C'est assez : faisons un choix.

LOUISE-LA-BALOCHEUSE.

Cette femme est un type : le type de la grisette. A elle seule, il faudrait un livre, et je n'ai que quelques pages à lui consacrer. Quel dommage! quel sujet!

D'où vient-elle? d'où sort-elle?

Demandez-lui, elle vous répondra : « Je ne sais. »

Elle est grisette, et voilà tout.

Comme telle, je l'idolâtre, palsambleu! Honni soit qui mal y pense!

Oui, je t'aime, ô ma Balocheuse! car tu résumes en toi une vieille personnification du quartier Latin, tu résumes en toi les débris d'un monde qui s'en va... le monde des grisettes, car il n'y en aura bientôt plus : la lorette absorbe la grisette, et la Chaussée-d'Antin dévore, pille, affame le pays de la basoche. Bientôt l'étudiant n'aura plus sa compagne de peines et de plaisirs, d'ennui et de joie; et il marchera seul dans ses nuits de débauches, sur le pavé glissant des rues Saint-Jacques, de la Harpe, de l'École-de-Médecine, sans un bras ami pour le soutenir, sans une voix de femme pour le consoler, l'égayer, sans une douce main de compagne pour lui administrer l'alcali des résurrections bacchiques. C'est bien triste ! il sera outrageusement conduit au poste pour avoir oublié l'heure du repos bourgeois, et chanté trop fort telle ou telle *tra la, traderi dera !*

Il sera obligé, le malheureux jeune homme, d'aller chercher des plaisirs coûteux de l'autre côté de l'eau ; et qui peut prévoir les malheurs qui en résulteront ? Et tout cela parce qu'il n'y a plus de dévouement chez la femme, que l'égoïsme la gagne, l'individualisme la gangrène. Oui, je le répète avec une profonde douleur et le cœur ulcéré des mille dards des chagrins futurs, *amen, amen dico vobis*... la grisette s'en va, la grisette s'en va ! Bientôt il n'y en aura plus; elle se métamorphose en lorette, et peut-être l'avenir consacrera-t-il ce que j'écris, en élevant sur la place Sorbonne un monument à Louise, avec ces mots gravés en lettres de melchior : *A Louise-la-Balocheuse, la dernière des grisettes !*

Ainsi, bonne fille du vieux quartier Latin, ne l'abandonne pas ; reste toujours sur la rive gauche de la Seine : sois tant que tu voudras et tant que tu pourras étudiante en droit, carabine, mais pas autre chose, tous tes amis t'en convient.

Louise ne fut ni belle ni jolie ; ses traits,

gros et accentués, respirent la bonhomie heureuse et riante de la bonne fille. Ses yeux ne sont pas fiers, sa bouche n'est pas dédaigneuse, et son parler est franc et quelque peu éraillé. Sa conversation est haute, hardie et pleine d'anecdotes piquantes, de traits souvent spirituels et fins. Lorsque le champagne lui mousse un peu au cerveau, c'est véritablement un plaisir de l'entendre. Que de bonnes soirées on passe avec elle ! Comme elle s'entend bien à emboucher le fifre de la gaudriole! Un peu plus sveltement délicate, ce serait Lisette, oui vraiment, la Lisette de la chanson.

Ce n'est point à la polka qu'elle doit sa réputation ; non, du tout : mais au cancan, au vieux boléro national des écoles. Elle l'aime, l'idolâtre et le danse avec une rare perfection. Elle n'est point *bégueule*, cette bonne fille, et s'arrange et s'accommode de tout. Elle ne pille point l'étudiant, loin de là. Qu'on lui donne un lit, une toilette passable, ci et là quelques dîners, elle est contente. Qu'on la mène *en noces et en festins*, elle ne refusera jamais ; alors elle sera heureuse. Mais elle ne cherchera pas par mille moyens, comme certaines femmes que je connais, à faire contribuer le jeune homme qui l'a choisie pour maîtresse. Souvent même, m'assure-t-on, Louise s'est dévouée *corps et biens* pour soigner d'anciens amis malades ou dans le besoin. Cela est beau, Louise, cela est bien. Son désintéressement est connu au pays Latin ; et la connussiez-vous quelque peu, pour avoir causé, dansé avec elle, elle viendra vous soigner si vous êtes malade, vous faire rire si vous êtes triste, et vous égayer, bon gré mal gré, si vous avez le désespoir au cœur. C'est une vraie sœur de charité, sauf le costume.

Que vous, vous vouliez voir Louise la Balocheuse, où iriez-vous ?

Où...

A la brasserie des Trois-Rois,

Chez Soufflet,

Chez la mère Evrard,

Au café de l'Université,

Au café Jules-César,

Chez tous les marchands de vins de l'illustre pays Latin, sa patrie adoptive ;

De minuit au jour, à la Halle chez Bordier, chez Paul Niquet, partout où l'on rit, partout où l'on s'amuse, etc., etc. ;

L'été, à la Grande-Chaumière et à la Closerie des Lilas ;

L'hiver, au Prado ;

Rarement de l'autre côté de l'eau ; elle est fidèle à ses vieilles rues, à ses vieilles mansardes.

Sa vie, amplement noyée d'amour et de spiritueux, s'écoule prompte et rapide vers l'océan de la vieillesse. Son visage est fatigué, et annonce des lustres plus nombreux que ceux qu'elle a véritablement. C'est cette fausse apparence, sans doute, qui a dû inspirer ce couplet peu galant d'une chanson très-connue l'an dernier, oubliée maintenant :

Pardon, pardon, Louise-la-Balocheuse,
Je t'oubliais, toi, tes trente printemps,
Ton nez hardi, ta bouche aventureuse,
Et tes amis plus nombreux que tes dents !...

Ce couplet a donc de tous points faussé la vérité ; c'est facile à comprendre par ce que je viens de dire plus haut.

JOSÉPHINE BOY,

DITE POCHARDINETTE.

Cette biographie est due à la plume élégante et facile de *M. Nérestan Guignard*, prosateur aussi spirituel que poète aimable.

« Joséphine est brune, petite, très-élégante ; ses cheveux et ses yeux sont noirs ; on la prendrait pour une petite Andalouse habituée, dès son premier âge, à danser le boléro.

Cependant, c'est bien une Française : elle est née à Beauvais, dans le département de l'Oise ; elle est jeune encore, du moins elle me l'a dit, et j'ai peut-être eu la faiblesse de la croire.

Arrivée à Paris à l'âge de treize ans, sous prétexte de voir la capitale, elle se plaça dans un magasin; là, gentille grisette et ne connaissant pas l'amour, elle resta vierge à Paris pendant un an; à quatorze ans, elle aima, et peut-être la belle enfant n'a pas aimé depuis!

Son caractère est d'une franchise étonnante; elle rit toujours et ne pleure jamais : on croirait, à la voir, que jamais l'amour ne tira des larmes de ses jolis yeux. Aimant à briller, elle court, coiffée d'un chapeau de feutre, et les bals et les fêtes; tout le monde la connaît; tous lui parlent et la tutoient, et peu cependant ont eu l'honneur de l'avoir pour maîtresse; elle conserve sa dignité dans l'orgie. Elle crie bien fort au Prado et porte son jugement sur la composition du bal; sa mise ordinaire consiste en une robe de soie, lorsque sa robe de velours est mise en lieu de sûreté; un paletot de la même étoffe qu'elle dépose au vestiaire assez ordinairement, surtout lorsqu'elle n'est pas seule; des bottines de velours et des gants sales, assez propres, dit-elle, pour danser au Prado : voilà sa mise.

Elle quitta peu à peu son genre de grisette timide qu'elle avait apporté de province. Sa simple robe de mousseline fut remplacée par une robe de soie, et son bonnet populaire par un riche chapeau de velours ; alors l'ambition s'empara de sa jeune âme ; car l'ambition s'empare du cœur de la jeune femme, comme elle s'empare du cœur d'un héros, et de même qu'elle perd l'homme, elle perd aussi la femme. Demandez à celles qui nous ont abandonnés !

Rêvant donc, non la puissance, mais la grandeur de la lorette, elle jeta un coup d'œil sur notre Panthéon, salua en souriant la statue de Henri IV et alla se poser en reine des lorettes dans la Chaussée-d'Antin. Là, calèche, chevaux, et enfin une fille de chambre ! Les dîners de Duval, de l'ancienne maison Serval, qui sont les jours de fête de l'étudiant, s'éclipsèrent à la Maison-d'Or : Pochardinette était devenue femme du grand monde ; elle se courbait gracieusement et se laissait avec volupté embrasser sur le front ! Mais elle était rêveuse ; son esprit était inquiet : elle n'avait pas été créée pour trôner sur du satin avec un éventail ! A elle, il faut le bruit et le tapage, un air de Pilaudo ; elle suivait tous les mouvements du quartier Latin ; les femmes qui allaient la voir lui parlaient de Clara, de

Marie, de Mogador; et aussitôt, saisissant l'occasion, celle où ces jeunes filles, ses anciennes rivales, passaient sur le boulevart ou allaient à l'Hyppodrome pour subjuguer des chevaux arabes, elle, belle enfant dont l'étoile avait été éclipsée par ces brillants météores, partit et revint parmi nous; et le quartier Latin, quelques jours après son arrivée, la salua du beau nom de *Pochardinette.*

Beaucoup de femmes sont belles, mais pèchent par le cœur; Joséphine possède toutes les qualités de l'âme; un de ses amants, dans la détresse, était réclamé à Clichy : elle vendit son joli mobilier avant de revenir au quartier Latin; maintenant elle est simple et belle d'élégance; elle occupe un hôtel garni et demande le premier rang parmi les grisettes! C'est à vous tous, qui habitez Paris, qui vivez avec nos jolies femmes, de juger si elle en est digne; quant à moi, je ne puis porter mon jugement : je pourrais être partial.

Elle a si bien compris sa position de jolie femme, qu'au Prado elle a déterminé sa place comme une comtesse à l'Opéra; elle danse toujours au même lieu, peut-être par coquetterie, et toujours pour se faire remarquer; jamais son joli pied ne foula le parquet qui domine la salle, elle se place toujours dans ce cercle tant vanté où l'étudiant et la grisette s'arrogent seuls le droit de danser à leur aise.

Au premier abord, en l'entendant appeler Pochardinette, vous pourriez croire qu'elle s'est fait couronner de fleurs comme l'ancienne prêtresse de Bacchus, vous oseriez dire qu'elle est la reine à ceux qui se vautrent dans l'orgie, tandis qu'elle est la reine de celles qui s'enivrent d'amour! Non..... on la nomme ainsi parce que le champagne la rend plus aimable et plus folâtre, parce qu'un verre de punch la met dans une ivresse si aimable que tout le monde lui parle et l'entoure. C'est qu'elle est bien gentille alors, et elle dit de bien jolies choses!

Tel est le type qu'apporte dans le quartier Latin cette jeune fille faite pour être grande dame, admirable dans le rôle qu'elle joue parmi nous; si vous voulez la voir, allez chez elle, vous serez toujours très-bien reçu; allez au Prado, vous la verrez danser; et lorsque le printemps sera revenu et que la Chaumière aura ouvert ses portes à l'étudiant, errez dans les bosquets et regardez pendant le quadrille une place vide à une table couverte de verres vides, c'est la table de Pochardinette : attendez-la, regardez-la prendre son verre de punch, et vous vous demanderez si elle mérite son surnom. »

ARSÈNE CHAUMONT,

Plus particulièrement connue à Mabille qu'à la Chaumière, où elle ne vient plus que rarement, trouve une place dans cette gale-

rie, parce que, avant d'être grande dame de la Chaussée-d'Antin, elle fut petite fille au pays des écoles. J'allais donner de cette femme une biographie exacte et circonstanciée, achevée par un portrait magnifique... de phraséologie, lorsque je me vis arrêté par cette phrase malencontreuse :

« Arsène Chaumont, dont l'élégance et la beauté sont connues et appréciées depuis plus de quinze ans ! ! ! »

Après cela, tout ce que j'aurais pu dire... vieilleries...

FRISETTE.

Je trouve le portrait tout fait ; Dieu me garde d'y changer un mot.

Frisette est toujours jolie, à ce que dit M. Vitu, mais elle maigrit sensiblement. Les bals de l'Opéra l'ont fatiguée ; il nous semble la voir encore avec son ravissant costume de jockey et sa casquette mi-partie de velours cerise et de velours blanc. Frisette n'a guère que quatre toilettes, mais chacune coûte d'un prix fou :

La première est de moire blanche ;
La seconde est de moire bleue ;
La troisième est de moire jaune,
Et la quatrième de moire verte.

Sous ce dernier costume, la petite frimousse appétissante et bistrée de Frisette la fait ressembler à une noisette cachée sous son calice vert.

J'ai hâte d'en finir avec toutes ces dames du quartier neuf, qui ne font que de rares apparitions à la Chaumière qui les berça jadis au bruit des chants basochiens.

L*** L***.

Avez-vous vu parfois dans le matin de vos rêves où tout est splendidement illuminé, quelque femme au profil grec se dessinant à vous dans les lueurs lointaines et crépusculaires de l'incertain? Puis, à mesure que le jour se faisait à votre esprit, ne distinguiez-vous pas des formes luxueusement découpées, un port de souveraine et des ondulations de démarches royalement arquées? Combien cet ensemble vous frappait d'aise!

Puis,

Vous erriez amoureusement de détails en détails, et vous preniez possession et connaissance de chaque partie de ce beau tout.

Et puis encore,

Des ailes d'or de votre rêve vous veniez

effleurer un front carrément découpé à la manière antique.

Les yeux vous attiraient par leurs éclats, diaprés par tous les différents degrés de la passion, et leurs réverbérations, soyeusement tempérées par de soyeux sourcils, n'émouvaient-ils pas doucement votre cœur du flux et du reflux de l'amour qui naît?...

Le nez arqué à l'athénienne, la bouche aux lèvres corallines et aux dents de perles n'achevaient-ils pas de troubler davantage l'eau jusque-là pure de vos passions?...

Les frémissements des désirs ne vous prenaient-ils pas en contemplant :

Ce cou divinement attaché à des épaules d'un galbe à désespérer la statuaire, venant se perdre dans les sinuosités d'une gorge voluptueusement bombée, chef-d'œuvre des trois Grâces?

Cette taille flexible qui semblait s'agiter sous le souffle des zéphyrs amoureux, comme le peuplier aux caresses des brises matinales?

Ces hanches artistement accusées, présages heureux de couches nombreuses et faciles?

Ces cuisses modelées par Apollon lui-même, et ces mollets hardiment fournis?... et ce bas de jambe tenu, mince, rosé?

Et ce pied digne d'une fille des bords du fleuve Jaune?...

Ne mêliez-vous pas votre souffle à l'air qui entourait cette ravissante créature, et vos mains ne venaient-elles pas se baigner dans les ondes d'une chevelure dont la riche profusion était jetée au vent?...

Alors vous donniez un doux nom à tout ceci, et ce nom s'écrivait ainsi : L*** L*** !

Vous étiez fou d'amour, la poésie vous inondait, et vous chantiez du fond de votre âme :

I.

Si j'étais Dieu! L***, toi que j'aime!
A mes côtés tu trônerais aux cieux;
Si j'étais roi, d'un brillant diadême
Resplendirait ton front si gracieux.

II.

Si j'étais riche, émeraude, topaze,
Rubis à flots sur toi ruisselleraient;
A tes genoux, esclaves en extase
Avec ferveur toujours t'adoreraient.

III.

Si j'étais brise à l'haleine embaumée,
Je t'enverrais la plus molle senteur,
Et de mes chants, L*** bien-aimée,
Je bercerais tes songes de bonheur.

Mais hélas! quel réveil! Huit heures et demie; la classe est commencée, et le professeur, pour vous punir d'avoir rêvé à heure indue, vous jette un pensum à faire, vous prive de récréations, et la douce figure que vous avez vue en songe ne vient pas vous consoler. Alors ne disiez-vous pas : « Que les songes sont trompeurs! que les songes sont trompeurs!... »

PAULINE-LA-FOLLE.

Cette Almée naquit en 1822 aux environs de Coulommiers, en pleine Brie. C'est donc une célébrité qui vient se placer de pair à côté de celle que vous savourez déjà depuis longtemps, aimables lecteurs. Si le fromage de Brie ne dépare nullement un dessert de luxe, Pauline-la-Folle aura toujours une place distinguée dans une nuit de débauche. Tous les détails qui vont être donnés sont garantis authentiques.

La plus tendre et la plus innocente enfance de Pauline se passa dans les soins du ménage paternel et maternel. *Ses parents sont pauvres, mais honnêtes...* Elle garda d'abord des oies; puis, quand elle fut plus forte, on lui confia un troupeau de dindonneaux. Elle affectionna toujours ce genre de volatile avec lequel elle passa de longues années, et lorsque, dans certaines soirées, les fumées du vin chaud se tournaient en mélancolie dans son cœur, je me rappelle l'avoir entendu parler avec effusion de ces bons et laids animaux. Son caractère naïf se ressent, selon toute probabilité, de ce long et constant voisinage. Quelques-unes de ses amies disent qu'il s'en ressent même beaucoup trop... C'est beaucoup dire...

Chaque année Pauline grandissait en charmes, si bien qu'en 1840, à dix-sept ans, c'était une fille tout à fait appétissante. Amenée alors on ne sait comment ni pourquoi à Paris, on la reçut dans un magasin de la rue Saint-Honoré en qualité d'apprentie lingère. Elle ne fit pas de rapides progrès, mais parvint cependant, au bout de quelque dix-huit mois, à remplir une place qui lui rapportait, je crois, 0 fr. 75 c. par jour. C'était bien peu pour vivre, c'était assez pour être sage. Mais à dix-huit ans le sang bouillonne et le sein palpite d'émotions violentes et qui ne sont déjà plus inconnues.

Pauline s'était liée d'amitié avec une compagne d'atelier, de plusieurs années plus âgée qu'elle, et connaissant la vie de Paris. Cette amie comme il faut voulut lancer cette pucelle de la Brie. Elle la conduisit dans un certain petit bal de la rue Saint-Honoré (1), fréquenté par des valets d'hôtel, des cuisiniers et autres gens de cet acabit. Pauline fut remarquée, je puis même dire qu'elle fit sensation. Elle eut à subir plusieurs assauts, et de terribles encore!..... mais sa vertu triompha et sa pudeur l'enveloppa de ses langes blancs liserés de bleu. Mais à l'impossible *nulle n'est tenue*. Un cuisinier, proprement coiffé de *la talmouse* de rigueur, coquettement ganté d'éclaboussures de sauce blanche, eut l'honneur d'enlever la place. Son teint pâle, ses yeux brillants, sa moustache graisseuse firent un effet extraordinaire sur Pauline. Longtemps elle ressentit les effets de cette première passion. Elle succomba, et sa défaite fut frappée en mesure sur les rosettes d'une cuisine de je ne sais plus quelle gargotte de la rue de l'Arbre-Sec.

De cuisinière Pauline devint commerçante. Les petits commis de nouveauté en firent

(1) Bal du Palais-Royal (populaire : Bal des Chiens).

leurs délices des fêtes dominicales, et les grands commis leurs plus beaux dimanches.

En 1842, un Marseillais, commissionnaire en librairie, tomba éperdument amoureux de Pauline, la dota d'une riche chambre rue de l'Abbaye, la mit sur un bon pied, mais essaya en vain de lui apprendre à lire. Son amour fut partagé, et ses nouvelles ardeurs firent presque oublier les moustaches luisantes du cuisinier difforme : ce fut une grande gloire pour le Marseillais! Ils vécurent longtemps heureux, inconnus, mais n'eurent jamais d'enfants.

Ce monsieur, rappelé pour le plus grand ornement de sa ville natale, laissa Pauline dans le chagrin, les douleurs et le besoin... de beaucoup de choses. Elle pleura... peu de temps, la pauvrette... s'ennuya bientôt et se mit à chercher un amant, des huîtres et du champagne.

A peu près vers le même temps, un de mes amis intimes s'ennuyait aussi d'un veuvage peu triste, il est vrai, mais enfin ennuyeux.

Désir de veuve est un feu qui dévore,
Mais désir de jeune homme est cent fois pis encore...

Le besoin, docteur en stratagèmes, rassembla deux êtres isolés et les harmonisa d'une union arrosée de *bichoffs* et *substantée* de beefteaks.

Ce fut en 1844, à l'hôtel du Luxembourg, que le contrat de mariage fut signé.

De ce jour, Pauline passa grisette et commença à se montrer au pays Latin. Mon ami la lança dans le bon monde, et, dès lors, son éducation marcha un train de locomotive. Elle vit la Grande-Chaumière, mais préféra toujours, je ne sais pourquoi, la Chartreuse, alors administrée par le père Carnaud. La danse de ces régions lui fut bientôt familière, et elle s'occupa à se former une manière à elle. Mais ce fut en vain : son imagination lente et peu fleurie la tint longtemps dans l'ornière battue des médiocrités. Si un jeune carabin de ses amis ne lui eût enseigné un mouvement de jambes et un coup de talon tout à fait remarquables, Pauline n'aurait pas aujourd'hui les honneurs d'une biographie. Elle pratiqua beaucoup ce dernier jeu et le perfectionna. Dans le galop, Pauline fut remarquée, et sa réputation commença, réputation qui grandit chaque jour. Cette fille, simple et peu faite pour la gloire, fut tellement enivrée de ses triomphes qu'elle se livra à une foule d'excentricités, souvent dépourvues d'esprit et de bon goût, qui la firent surnommer *la Folle.*

Pauline est une grande femme à taille élancée et flexible, et, quand elle veut, d'une tournure qui ne manque pas d'élégance. Sa figure trop ramassée n'est pas sans charmes ; ses dents sont fort belles et bien rangées, et « ses yeux ont d'immenses profondeurs azurées. On voudrait y vivre dans l'outre-mer de l'a-

mour pur. » Ses cheveux, d'un beau cendré, sont trop courts et pas assez fournis ; les mains trop grosses et les pieds trop épais révèlent l'origine de cette *vierge folle*.

Pauline brille de l'éclat de quatre ou cinq amants menés de front. C'est une fille maintenant exercée, qui traite l'intrigue par principes et se déploie avec une certaine emphase dans cet éclat qui semble l'éblouir.

Sa gorge, admirablement galbée, l'a fait rechercher dans beaucoup d'ateliers. Elle pose de mille façons et pour toute espèce de choses.

Pauline, rendons-lui cette justice, n'a pas quitté le quartier Latin, malgré le prestige qui l'entoure. Elle a dédaigné d'être lorette, elle a bien fait : nous ne pouvons que l'encourager à rester étudiante. Du reste,

> Elle aime à rire, elle aime à boire;
> Elle aime à chanter comme nous.

Mais je commence à avoir une indigestion de biograhies, passons donc à autre chose, si vous préférez.

Mais, vous toutes, lutins du beau-sexe que j'oublie, pardonnez-moi de taire les particularités de vos intimes ébats; j'y reviendrai très-prochainement, alors que je vous connaîtrai mieux. Sans rancune, mes belles, et au revoir!

CHAPITRE XII.

J'allais mettre la plume au chapitre bien-aimé de la conclusion, lorsque je vis entrer chez moi à grand bruit un énorme commissionnaire chargé d'un paquet qui me sembla volumineux.

— Not' bourgeois, salut.

— Boujour. Qu'est-ce ?

— Voilà la chose.

— Merci ! Adieu ! mon brave.

— Ouais : c'est pas payé.

— Bath ! Tiens voilà.

— Merci ! not' bourgeois.

— A propos, d'où cela vient-il ?

L'énorme commissionnaire se mit à rire bêtement.

— Parlez donc, je vous prie ?

— C'est une jeune dame...

— Une jeune dame ?

— Oui. Au quai aux Fleurs...

— Mais parlez donc ?

— De manière que j'étions là, que je r'gardions... lorsque je m' sentons *frappoté doucettement* sur l'bras... je nous r'tournons et je voyons, quoi ? Un beau brin de fille, ma foi. — Monsieur, qu'a m' dit c'te *p'tiote*, voulez-vous me rendre un service? — Deux, mam'zelle, trois, quatre ; — Après?

— Voilà... vous voyez bien ce p'tiot paquet-là, il faut porter ça...

— Chez moi, voyons, après?

— Après! Mais qu'alle m' dit, faudra pas dire qui vous a donné c'tte commission. — Pas de danger, mam'zelle, je connaissons ces choses-là... et je s'chons parti...

Je me mis à rire de la franchise de mon commissionnaire, que je congédiai.

J'ouvris ce paquet.

Je trouvai d'abord un premier cahier avec ce titre :

Faits et gestes de Rigolette, par Marionnette, son amie.

Un second portait sur sa couversure en beau papier azuré :

Histoire secrète de Marionnette, par Rigolette, son amie.

Enfin, sur un troisième je lus :

Histoire de Clarinette, par une flûte de ses amies...

Puis une lettre énormément longue pliée. Le cachet portait des armes hiéroglyphiques.

Je le rompis et voilà ce qui me sauta aux yeux :

« A Monsieur Armand Pommier.

« Monsieur,

« Nous, soussignées, Rigolette, Clarinette, « Marionnette, ayant appris par une de nos « amies qui est des vôtres, que dans le cha- « pitre biographique de votre livre intitulé : « *M. Lahire, la Grande-Chaumière, His-* « *toire, Types, Mœurs, Célébrités, Roman-* « *ces en vogue*, etc., nous avons été omises, « tandis que des femmes, qui sont loin de « nous valoir, vont avoir les honneurs de « l'immortalité, nous réclamons :

« 1° Une place à côté d'elles et sur le même « plan ;

« 2° L'impression complète des manu- « scrits que nous avons pris la peine de faire, « et de faire écrire, ainsi que la présente.

« Ce faisant, vous mériterez bien du grand « sexe en général et de nous en particu- « lier.....

« Dans le càs contraire, malheur à vous!!! »

(*Suivent les signatures.*)

Ceci me fit réfléchir et me jeta dans une étrange perplexité. Comment faire? Il ne me restait plus la moindre place, pas même pour un extrait raisonné ou *raisonnable* des trois présents manuscrits. L'avant-dernière phrase m'émouvait doucement ; la dernière me troublait entièrement. Comment arranger cela à l'amiable ? me disais-je. On aime mieux être bien que mal avec les femmes, même ordinaires, à plus forte raison quand elles sont jolies et à la mode.....

Après avoir vieilli de quelques heures sur cette étrange alternative de plaire ou de déplaire, d'être caressé ou griffé, voici ce que je résolus dans la haute sagesse de mes méditations !!!

CHAPITRE LYRIQUE.

TRIOLET.

Mais que dire de vos beautés,
Rigolette et Marionnette ?
Après tant de portraits cités !
Mais que dire de vos beautés ?
Ma foi, j'ai les yeux abîmés
Par le genre de Clarinette !
Mais que dire de vos beautés
Rigolette et Marionnette ?

CONCLUSION.

Allons, finissons. Ne doit-on pas toujours finir un livre par la fin?

(AL. PRIVAT D'ANGLEMONT.)

L'habitude le veut ainsi.

(Pensée du même.)

Je dois d'abord vous dire, estimables lecteurs, que j'avais imaginé une conclusion morale à 36 quartiers au moins, et philosophique à 42 carats au plus. Mais au moment de la jeter sur le papier, je me suis aperçu que c'était d'un vieux et d'un rococo digne tout au plus de la Sorbonne. Aujourd'hui, on ne moralise plus, on se démoralise.

Inventons autre chose si c'est possible.

Dans cet olympe de femmes où je vous ai fait graviter, dans cette atmosphère *quintessenciée* des déesses du pays Latin où je vous ai fait enivrer, n'y cherchez pas quelque chose, vous n'y trouveriez rien... A part Louise-la-Balocheuse, vous ne rencontreriez chez toutes que nullités : nullité de sentiment, nullité d'esprit : femmes gaies et verdoyantes d'écorce, voilà tout.

Mais, grands admirateurs du beau sexe, je vous entends dire :

Ce sont les circonstances qui les ont faites ainsi... — Parfait! mais ne remercions pas les circonstances... Dans toutes ces femmes, que je viens de nommer, il n'en est pas une qui soit capable d'être courtisane comme Laïs, Phryné, Marion Delorme, Ninon. Ce sont des Hétaires d'une vulgarité et d'une niaiserie à faire dormir debout. Elles n'ont guère d'autre esprit que l'esprit d'habitude qui se formule et se résume tout en entier dans les phrases suivantes :

As-tu fini! (pour : Je vous remercie, monsieur).

Voyez donc ce mufle! (pour : Quel est ce jeune homme?)

Et dans deux ou trois autres que je ne puis pas écrire. Faites un compliment trop parfumé, un *à qui en avez-vous, jeune homme?* superlativement insolent, mais, je dois aussi le reconnaître, plein du *chic* de circonstance, vous fermera la bouche soudain et vous fera mettre la main sur le gousset.

A défaut d'orgueil, elles ont de la vanité; et telle qui n'avait pas de bas hier soir, et vous tendait la main pour avoir quelque chose à se mettre sous la dent, passe devant vous sans jeter un regard, si elle a conquis quelque robe de soie ou quelque chapeau neuf.

Avis aux jobards passés et à venir.

Cette vanité excessive a engendré la *lorette*, grisette plus *huppée* se tenant sur un

meilleur ton, habitant des régions autres, dont Notre-Dame-de-Lorette est le point de centre. Ces nouvelles grandes vierges folles, malgré la gaze qui les couvre, le stras qui les inonde, n'en sont pas moins des grisettes;

seulement elles s'appellent lorettes et sont plus riches. En général, elles sont maniérées et affichent des prétentions désordonnées.

Que je vous aime mieux, bonnes filles du quartier Latin, malgré vos brusqueries, vos gros mots ! Avec vous on se grise de punch, de vins chauds, avec les autres on se noie... de dettes...

Adieu donc, ou plutôt au revoir, aimables lutins, almées du vieux quartier, prêtresses du plaisir ; je vous quitte pour vous revoir

bientôt : vos voluptés sont si attrayantes... et j'aime tant à vous voir danser et polker... Mais écoutez la voix d'un ami sincère : Faites l'amour, mais cessez de le vendre, c'est une mauvaise habitude que vous avez prise là. La grisette de nos pères était désintéressée, riait beaucoup et comptait peu. L'arithmétique en amour est une triste chose ! Soyez donc comme vos devancières, et suivez les vieilles traditions et les bonnes coutumes.

Je recommande à la province ces romances du pays Latin.

LES ÉTUDIANTS.

COUPLETS CHANTÉS DANS LA PIÈCE DE CE NOM,
AU THÉATRE DU PANTHÉON.

La vie a des attraits
Pour qui la rend joyeuse ;
Faut-il dans les regrets
La passer soucieuse?
Jamais ! jamais ! jamais !
Le plaisir est français.
Eh ! pioupe, pioupe, pioupe, } 4 fois.
Là là là là là, }
Là là là.

L'Amour est un enfant,
L'étude est une femme ;
Diligents étudiants,
Chacun de vous réclame

Souvent, souvent, souvent,
Elle vous rendra savants.
Eh! pioupe, pioupe, pioupe, } 4 fois.
Là là là là là,
Là là là.

Quand l'hiver, sur nos jours,
Viendra semer la neige,
Puissions-nous pour retour
Et pour dernier cortége,
Toujours, toujours, toujours,
Bacchus et les amours.
Eh! pioupe, pioupe, pioupe, } 4 fois.
Là là là là là,
Là là là.

Messieurs les étudiants,
Montez à la Chaumière,
Pour y danser l'Cancan
Et la Robert-Macaire,
Toujours, toujours, toujours.
Triompher des amours.
Eh! pioupe, pioupe, pioupe, } 4 fois.
Là là là là là,
Là là là.

Il faut le ménager,
Puisque c'est un confrère;
Sachons le protéger,
Puisqu'il ne sait pas faire,
L'amour, lamour, l'amour,
La nuit comme le jour.
Eh! pioupe, pioupe, pioupe, } 4 fois.
Là là là là là,
Là là là.

Des mets de mon cerveau,
Enfants, dans mon délire,
Des vins de mon caveau,
Hélas! puissiez-vous dire :
Bravo, bravo, bravo!
Retournons chez Friteau.
Eh! pioupe, pioupe, pioupe, } 4 fois.
Là là là là là, }
Là là là.

ÉTUDIANT ET GRISETTE.

OU COMMENT A PARIS ON FAIT SON DROIT.

Air : *De la Treille de sincérité.*

C'est ma grisette,
Ma brune fauvette
Qui toujours gazouille tout bas :
« — Aimez, monsieur, n'étudiez pas.

« Arthur, écoutez-moi, » dit-elle
En poursuivant son doux refrain,
« Le printemps plaît à l'hirondelle,
« Moi, j'aime le quartier Latin.
« L'amour s'y retrouve en famille,
« La mansarde lui sert de toit.
« Vite, mon chapeau, ma mantille;
« Demain vous ferez votre droit! »
C'est ma grisette, etc.

Puis la follette continue :
« — Qui sait aimer est un savant.

« A quoi bon planer dans la nue?
« Moins haut vole le sentiment.
« Jamais je n'ai compris Lucrèce :
« Toujours filer... c'est maladroit!
« L'amour est un roi qui caresse,
« Il régne de fait et de droit! »

C'est ma grisette, etc.

Pour la raison si j'entre en lutte,
Tout aussitôt l'on me répond:
« — Minerve a joué de la flûte;
« Mieux vaut jouer du cotillon. »
Puis à *Mabille* l'on m'entraîne;
Léandre passe le détroit.
Voilà comment, sans grande peine,
A *Mabille* l'on fait son droit.

C'est ma grisette, etc.

O destin! plus rien dans les poches,
Et nous sommes au dix du mois!
Vite l'on écrit à ses proches
Pour peindre sa bourse aux abois.
L'amour nous dicte ce mensonge;
L'encre noircit son joli doigt,
Et voilà comment le plus sage
A Paris fait souvent son droit.

C'est ma grisette, etc.

Quand la fontaine paternelle
Pour nous ferme son robinet;
Quand le tourtereau, traînant l'aile,
A perdu jusqu'à son duvet,
D'un pas leste on court chez *ma tante*,
Là, par un guichet noir, étroit,

Habit, gilet, tout se brocante :
Voilà comment l'on fait son droit.

C'est ma grisette, etc.

Auteurs latins, auteurs d'Athène
Chez les bouquinistes s'en vont;
On déjeune d'un *Démosthène*,
Et l'on soupe d'un *Cicéron*,
Catulle, *Ovide*, et même *Horace*,
Semblent fort clairs quand on les boit.
Jusqu'aux cinq codes, tout y passe :
Voilà comment l'on fait son droit.

C'est ma grisette, etc.

O fortune trois fois barbare!
Plus rien pour fêter ses amours!
Le Pactole est un fleuve avare,
Jamais ne remontant son cours.
Quand il ne reste ni sou ni maille,
Faute d'habit, de peur du froid,
Avec sa muse l'on bataille :
Voilà comment l'on fait son droit.

C'est ma grisette, etc.

Déjà l'on touche à la trentaine,
De l'école on est le doyen;
Aux *Cours* l'on va chaque quinzaine,
Et l'on sait... que l'on ne sait rien!
Mais pour nous l'amour intercède.
Docteur enfin l'on nous reçoit;
Avec un grand succès l'on plaide :
A merveille, on a fait son droit!

C'est ma grisette, etc.

FIN.

www.ingramcontent.com/pod-product-compliance
Ingram Content Group UK Ltd.
Pitfield, Milton Keynes, MK11 3LW, UK
UKHW021822190726
13853UKWH00003B/1139